Das Buch
Ganz harmlos mit einer Postkarte beginnt der Briefwechsel zwischen der jungen Delphine und dem Maler Jean Luc, entwickelt sich jedoch bald zu einer wahren Obsession. Die unerwartete Antwort des viel älteren Malers überrascht Delphine. Seine spielerische Leichtigkeit, seine Offenheit faszinieren sie – und aus der Faszination wächst Erwartung. Gedanken und Sehnsüchte vermischen sich, gewinnen an Raum, je enger das Band zwischen den Schreibenden wird – und doch bleibt ein Zweifel: Ist wirklich alles so, wie es die Briefe zu versprechen scheinen? Virtuos zieht Iselin Hermann ihre Leser in das Empfinden ihrer beiden Helden. Die junge Frau, die immer mehr in ihren Briefen lebt; der Mann, der ihr zum Ideal wird und doch immer mehr entgleitet. Der stetig wachsende Wunsch, ihn zu treffen, das Geschriebene einzulösen... »Liebe Delphine... Lieber Jean Luc...« ist ein so beeindruckendes wie intelligentes Buch über Sehnsucht, Liebe und Verlangen – bis an sein unerwartetes Ende.

Die Autorin
Iselin C. Hermann wurde 1959 in Dänemark geboren. Nach Theater- und Zirkusschule sowie einem Studium arbeitete sie als Schauspielerin, Regisseurin, Lektorin und Journalistin. Mit dem Überraschungserfolg ihres Debütromans »Liebe Delphine... Lieber Jean Luc...« hat sie nun ein neues Tor für sich aufgestoßen. Gegenwärtig arbeitet sie an ihrem zweiten Roman. Iselin C. Hermann lebt mit Mann und drei Söhnen in Kopenhagen.

# Iselin C. Hermann

# Liebe Delphine...
# Lieber Jean Luc...

Roman

*Ein Briefwechsel, herausgegeben
von Jean Luc Foreur*

Aus dem Dänischen
von Regine Elsässer

DIANA VERLAG
München Zürich

Diana Taschenbuch Nr. 62/0151

Die Originalausgabe
»Prioritaire«
erschien 1998 bei Munksgaard Rosinante, Kopenhagen

Taschenbucherstausgabe 02/2002
Copyright © 1998 by Iselin C. Hermann
Copyright © der deutschen Ausgabe 1999
by Deutsche Verlags-Anstalt GmbH, Stuttgart
Der Diana Verlag ist ein Unternehmen der
Heyne Verlagsgruppe München
Printed in Germany 2002

Umschlagillustration: J. L. Ponchel. Paris
Umschlaggestaltung: Hauptmann und Kampa
Werbeagentur, CH-Zug
Satz: Schaber Satz- und Datentechnik, Wels
Druck und Bindung: Elsnerdruck, Berlin
Gedruckt auf chlor- und säurefreiem Papier

ISBN: 3-453-17713-4

http://www.heyne.de

*Liebe Delphine ...*
            *Lieber Jean Luc ...*

19. Dezember

An Jean Luc Foreur,

– irgendwo unter der Haut, wo das Fleisch flüssig
zu werden beginnt, sehe ich Ihr Bild *Sans titre,
2,22 x 2*, wie es in der Galerie Y in Paris hängt.
    Oder vielleicht so: die Farben, die Verschiebungen,
die Verläufe sind in meinen Körper übergegangen.
    Obwohl ich das Bild nicht besitze, gehört es mir.

    Danke
    Delphine Hav

Delphine Hav

Es hat mich aufrichtig gefreut, Ihre Postkarte zu erhalten.
 Es hat mich gefreut, weil ich das Gefühl sehr gut kenne. Mir geht es ganz genau so mit einem bestimmten Gedicht von Walt Whitman und einigen späten Beethoven-Sonaten. Ja, es geht sogar noch weiter, ich glaube nicht nur, Dinge zu *besitzen*, die niemand wirklich besitzen *kann*, ich habe das Gefühl, das betreffende Musikstück oder Gedicht sei speziell für mich geschrieben.
 Es versteht sich deshalb von selbst, daß es mich berührt, wenn ein Mensch, den ich nicht kenne, weit entfernt, dieses Erlebnis mit einem meiner Bilder hat:
 Was ich mache – denke ich – war also nicht vergebens. Obwohl ich normalerweise nicht auf enthusiastische Briefe antworte (dafür reicht meine Zeit leider nicht aus) und auch wenn es nicht üblich ist, sich für Dankesbriefe zu bedanken, so hatte ich dennoch Lust, es zu tun, wo schon Name und Adresse auf die Postkarte gestempelt waren.

 Jean Luc Foreur

16. Januar

Monsieur Foreur,

– dieses Mal erlaube ich mir, einen Brief zu schreiben, aber dann werde ich Ihre Zeit nicht mehr in Anspruch nehmen. Mich hat nur der Gedanke so verlegen gemacht, Sie könnten glauben, ich hätte meine Adresse in der Hoffnung auf eine Antwort auf die Karte gesetzt.

Ich habe meinen Stempel unter meinen Namen gesetzt, damit mein Körper in dem Koordinatensystem untergebracht werden kann, das eine Adresse darstellt. Der Absender war hauptsächlich als topographische Angabe gedacht: um zu präzisieren, daß Ihr Bild in dem und dem Land, in der und der Stadt, in der und der Straße, unter der und der Hausnummer und dem und dem Stockwerk Wohnung genommen hat – in mir, die ich hier wohne. Ich hatte nicht den heimlichen Hintergedanken, daß Sie mir antworten würden – glaube ich.

Hinter der Adresse verbarg sich die kleine Geschichte, daß nicht einmal die Liegewagenfahrt durch Nordfrankreich, Belgien, Deutschland und halb Dänemark und auch nicht der Marsch mit meinem Gepäck nach Hause zu der angegebenen Adresse bis hinauf in den vierten Stock diesen neuen Zustand in meinem Körper hatten verdrängen können.

Es ist ein Zustand, der schwer zu verstehen und fast nicht zu beschreiben ist. Am ehesten erinnert er an das wohlige Unwohlsein, wenn man – ja – verliebt ist oder leichtes Fieber hat. Eine kleine, zittrige Unruhe in den Nervenenden.

Diesmal schreibe ich absichtlich nicht meinen Absender auf den Umschlag, in der Hoffnung, daß Sie die Postkarte weggeworfen haben und so ohne jede Verpflichtung genießen können, daß das, was Sie tun, die Welt ein kleines bißchen verändert.

Mit freundlichen Grüßen, D.H.

Delphine Hav

Ich kann nicht umhin, Ihnen in aller Eile zu schreiben, denn es scheint, als wollten Sie das letzte Wort behalten.

Das können Sie nicht. Wenn es sich verhält, wie Sie schreiben, werde immer ich das letzte Wort haben, weil meine Arbeit in Ihr Fleisch übergegangen ist.

JLF

15. Februar

Monsieur Foreur,

– und so erdreiste ich mich, Ihnen erneut zu antworten, obwohl ich versucht habe, es nicht zu tun.

Fast einen Monat lang habe ich versucht, es nicht zu tun.

Es ist feminin, es nicht zu tun, es ist weiblich, sich zurückzuhalten, ladylike, reserviert zu sein – glaube ich wenigstens.

In den Wochen, die vergangen sind, seit ich Ihren letzten Brief erhalten habe, wurde ein veritabler Kampf in mir ausgefochten zwischen meiner Natur und meinen Vorstellungen von Weiblichkeit. Je mehr ich versucht habe, elegant zurückhaltend und weiblich reserviert zu sein, desto mehr begann meine Natur aufzubegehren. Und wie Sie sehen, hat meine Natur gesiegt, und ich schreibe einen Brief an Sie, weil ich es nicht lassen kann, es nicht zu tun.

Ich *muß* Ihnen einfach schreiben, um klarzustellen, daß ich in keiner Weise versucht habe, das letzte Wort zu haben.

Ich wollte Sie nur nicht weiter behelligen, und ich wollte Sie auch zu nichts verpflichten.

Der Wunsch, das letzte Wort zu haben, ist mir sehr

fremd. Das letzte Wort haben zu wollen, ist rachsüchtig, selbstgerecht und selbstbezüglich. Der Wunsch nach dem letzten Wort ist, als wasche man sich nach einem Mord die Hände oder blase nach einem gelungenen Schuß in den Revolver. Das letzte Wort zu haben heißt, jemanden abzuwürgen, zu gehen und die Tür zuzuschlagen. Und ich will sie viel lieber öffnen als schließen.

Ist es nicht viel schöner, die Arme auszubreiten als sie zu überkreuzen?

Ist es nicht viel poetischer, ein Fenster zu öffnen als es resolut und praktisch zu schließen, weil es im Zimmer kalt werden könnte oder weil man gehen will?

Und wieviel menschlicher erscheint es mir, zu antworten als hinzuhalten.

Ich weiß sehr wohl, daß richtige Frauen nichts erwidern – aber ein kleines weißes Taschentuch (parfümiert) darf eine Frau doch fallen lassen. Meines ist in den Rinnstein gefallen.

Hoppla!

Delphine Hav

Und ich hebe Ihre Taschentücher auf – gestatten Sie, Fräulein ...

Sie müssen jung sein ...

Habe ich recht?

　JLF

29. Februar

JLF – habe nun ich meinerseits Lust, auf Ihren Brief zu antworten? Ich merke, daß ein kleines bißchen Ärger in mir brodelt. Denn was spielt es für eine Rolle, ob ich jung oder alt oder etwas zwischendrin bin? Ist es eher gestattet, so zu schreiben, wie ich es tue, wenn ich nicht weiß, was ich tue?

Nein, entschuldigen Sie! Ich hatte nur das Gefühl, an Ihrer Frage sei etwas Herablassendes, und das hat mich verletzt. Aber es ist alles in Ordnung, werfen wir einen Blick auf mein Alter:

Ich bin alt genug, um Zigaretten zu rauchen, aber zu jung, mich vor den Folgen zu fürchten.

Ich bin alt genug, Kinder zu bekommen, aber zu jung, Mutter zu sein.

Ich bin alt genug, allein zu wohnen, aber zu jung, ein eigenes Sofa zu besitzen.

Ich bin alt genug, mein Geld zu verdienen, aber zu jung, etwas für das Alter zurückzulegen.

Ich bin alt genug, eine Ausbildung gemacht zu haben, aber zu jung, mit der Rückzahlung meines Stipendiums zu beginnen.

Ich bin alt genug, mich an den Algerienkrieg zu erinnern, aber zu jung, über den Zweiten Weltkrieg etwas anderes als angelernte Wut zu verspüren.

Ich bin zu alt, um eine Nacht durchmachen zu können, aber zu jung für den Mittagsschlaf.
Genau so alt bin ich.
Das war eine lange Antwort auf eine kurze Frage von einer jüngeren Frau an einen älteren Mann.

An JLF von DH

Es würde mir schwerfallen, Delphine, mein Alter so präzise anzugeben, wie Sie es getan haben. Aber es besteht kein Zweifel daran, daß ich an einem anderen Punkt meines Lebens angelangt bin als Sie und daß ich andere Entscheidungen treffen muß. Ein lächerlich kleines Detail, das jedoch mein Alter charakterisiert: Ich stehe gerade im Begriff, mir ein *neues* Sofa anzuschaffen! Das Sofa, das ich gekauft habe, als ich als junger Mann nach Paris zog, ist inzwischen ganz zerschlissen.

Ich kann Ihren Zorn oder Ihre Indignation über meine Frage gut verstehen. Und dennoch amüsiert sie mich. Normalerweise ist es doch so, daß Frauen mittleren Alters sich verletzt fühlen, wenn sie gefragt werden, wie alt sie sind. Ich frage eine Frau, die ich für jung halte, wie jung sie ist – und sie fühlt sich verletzt.

Es ist tatsächlich gar nicht so einfach, Taschentücher von Frauen aufzuheben, mögen sie jung, mittleren Alters oder alt sein. (Vielleicht hätte ich es liegen lassen sollen ...)

Wie präzise kann ich in bezug auf mein Alter sein? Zum Beispiel könnte ich sagen, daß ich einen Hund habe, Bastian, der in Hundejahren gerechnet so alt ist wie ich in Menschenjahren. Und er ist kein junger Hund mehr.

Im übrigen lege ich den Katalog meiner letzten Ausstellung in Venedig bei, der auch meinen Lebenslauf enthält: Präziser geht es nicht – obwohl Sie mich ja überhaupt nicht nach meinem Alter gefragt haben, denke ich plötzlich. Aber jetzt bin ich schon soweit mit meinem Brief gekommen, also schicke ich ihn ab mit den freundlichsten Grüßen.

JLF

19. März

Lieber Jean Luc Foreur,

– heute nacht habe ich einen Brief geschrieben, der zusammengeknüllt und in den Papierkorb geworfen wurde, anstatt gefaltet und in einem Briefumschlag und dann in den Briefkasten gesteckt zu werden.
Es ist besser so.

Heute morgen habe ich – durch meinen Briefschlitz – einen dicken Brief bekommen. Katalog-dick. Vielen Dank!

Dies soll also ein Dankesbrief werden. Aber auch ein Brief an einen Mann, von dem ich jetzt weiß, daß er graue Haare und helle Augen auf dunklem Grund hat, dunkle Bartstoppeln und ein Hemd mit dunklen Farbklecksen auf hellem Grund – genau da am Ärmel – und ein großes Durcheinander auf dem Schreibtisch. Ich schreibe an den Mann, der links auf dem Bücherstapel eine Lesebrille liegen hat – nicht an den jungen Mann mit dem sanften Blick, von dem es auch Bilder im Katalog gibt. Nicht an den jungen Mann, der noch kein einziges graues Haar hatte, der sich bestimmt auch kaum rasieren brauchte, obwohl er selbstverständlich, eitel wie er war, zum Barbier ging, damals 1952 in Venedig, um dem schwarzweißen Filmhelden zu ähneln, den er auf dem Foto darstellt.

Ich schreibe meinen Dank an den, bei dem der Platz zwischen den einzelnen Haaren etwas größer geworden ist und der auch ein bißchen längere Haare hat als der kurzgeschorene Jüngling. Ich schreibe meinen Dank an den Mann mit dem entschiedenen Zug um den Mund, der sicher behauptet, immer noch derselbe zu sein, der an der französischen Ausstellung im Palazzo Ducale teilnahm.

Aber man bleibt ja nicht derselbe: Mit jedem Traum wird man jemand anders, bei jedem Kuß und bei jeder Niederlage. Mit jeder Verliebtheit und mit jeder Reise: Alles wird ganz langsam und unmerklich zu dem, was man Erfahrung nennt. Man ändert sich mit jeder neuen Freundschaft, die man eingeht, und warum verlaufen Kinderfreundschaften im Sand, wenn nicht deshalb, weil man nicht mehr die ist, die man einmal war?

Ich habe mich von heute nacht bis heute morgen ein kleines bißchen verändert.

Deshalb dieser Brief mit meinem Dank und nicht der von heute nacht.

Delphine Hav

Liebe Delphine,

danke für Deinen Brief und entschuldige, daß
so viel Zeit vergangen ist, bis ich Dir antworte.
Meine Frau war krank, weshalb ich alleine
eine Ausstellung organisieren mußte – eine Arbeit,
die sie sonst übernimmt.

Du hast mir »Lieber« geschrieben – das ist
neu. Jetzt schreibe ich »Du« – das ist auch neu.
Aber das »Du« fließt ganz natürlich von der
Hand und aus meinen Gedanken.

Ich habe noch nicht herausgefunden, warum
Dein Französisch so gut ist und was Du eigentlich
machst, oder wie Du aussiehst. Ich nehme an,
Deine Mutter ist Französin – daher Dein
französischer Vorname, und Dein Vater ist Däne –
daher Dein unaussprechlicher Nachname.

Ich stelle mir vor, daß Deine Haut so weiß ist
wie das Weiß in der Tricolore und im Danebrog
(habe gerade Dänemark in meinem Lexikon
nachgeschlagen).

Deine Augen sind vielleicht grün wie das halb
salzige Wasser, das Dich umgibt. (Habe als Kind ein
Seegemälde eines norwegischen – glaube ich –

Malers gesehen, es hat mich tief beeindruckt:
Segel, weiß gebläht wie die Schaumkronen, und das
Wasser war so grün, wie ich mir Deine Augen
vorstelle.)

Wenn Du grüne Augen hast, könnten Deine Haare
rot sein. Nicht so rot, natürlich nicht, wie das Rot
in Deiner oder meine Flagge, aber rot wie Freude
und Wahnsinn, so rot wie das Wasser in einem See
blau und grün ist, grün und grau. Rot in
wechselnden Schattierungen von Gelb über Kupfer
nach Umbra.
So stelle ich mir Deine Haare vor, schulterlang
und leicht gelockt.

Ich stelle mir vor, daß Deine Lippen sich wölben –
wie zum Bersten durch Deine beiden Sprachen.

Und ich stelle mir vor, daß Du lange Beine hast,
weil der Eiffelturm Deine Mutter ist und der
Runde Turm Dein Vater. (Sogar in meinem alten
Lexikon mit winzigen Bildern im Artikel über
Kopenhagen sieht er aus, als ob der alte Freud
eine ganze Menge mit dem Turm hätte anfangen
können.) Deine Beine sind lang, weil Du die
Grätsche zwischen Dänemark und Frankreich
machen mußt und Deutschland so verdammt
groß ist.

Wie immer Du auch aussiehst, Du bist hübsch,
das kann ich aus Deinen Briefen herauslesen.

Was ich jedoch nicht aus Deinen Briefen herauslesen kann, ist, was Du machst. Jetzt habe ich
mir tatsächlich eine ganze Stunde lang vorgestellt,
was Du machen könntest, aber es kommen keine
Bilder. Schreib und erzähl es mir, zusammen mit

einem Bild von Dir! Tu es! Jetzt bellen die Hunde,
ich soll ihnen Futter geben und habe soviel anderes
zu erledigen. Deshalb schicke ich diesen Brief
schnell ab.

   Mit vielen herzlichen Grüßen,
   Jean Luc

22. April

… ask me no questions and I will tell you no lies.

D.

23. April

Vielleicht – Jean Luc – war ich gestern ein bißchen zu kurz angebunden. Ich möchte versuchen, es wieder gutzumachen, indem ich ein Märchen erzähle:
   Es war einmal eine junge Frau. Ihre Haut war weiß wie Schneebeeren, das erzählte man ihr.
   Ihr Mund war so rot wie zwei Tropfen Blut im Schnee. Aber sie konnte nicht klagen, wenn sie sich in den Finger schnitt, denn sie war stumm. Ihre Augen waren so blau wie der hohe Sommerhimmel über ihr, den sie wie eine mächtige Wölbung über sich spürte, den sie aber nicht sehen konnte, denn sie war blind. Nur ihre Ohren, die feinen hellroten Muscheln, brachten ihr Leben, Laute und Licht.
   »Die arme Schneebeere«, sagten die Leute zueinander, wenn sie außer Hörweite war. »Das arme Mädchen, wie wird ihr Leben nur werden?«
   Kam ein junger Mann ins Dorf, wurde er sogleich aufmerksam auf die helle, ranke Mädchengestalt, aber das Licht in seinen Augen erlosch, wenn er sah, daß ihre Augen blind waren, und wenn ihm klar wurde, daß ihre Lippen ihm nie süße Worte würden zuflüstern können. Arme Schneebeere. Sie wußte nicht einmal, daß sie für einen kurzen Moment das Objekt seiner Begierde gewesen war.

Aber Schneebeere strahlte, und Schneebeere war nicht arm. Denn sie war verliebt in einen Mann, der viele Tagesreisen weit weg wohnte. Sie hatte von ihm gehört, denn es war ein Prinz, und er spielte so schön auf der Leier, daß der Schnee schmolz und die Mandelbäume vor der Zeit zu blühen begannen. Davon hatte sie die Leute sprechen hören, deshalb strahlte sie. Sie spürte die Wärme in der Brust und die Freude auf den Wangen, wenn man vom Prinzen sprach. Sie war verliebt, und sie brauchte ihn nicht zu treffen, um verliebt zu sein. Sie war verliebt und strahlte und brannte.

Heißer und heißer wurde ihr, und eines Tages, als verlautete, der Prinz würde in die Gegend kommen, strahlte Schneebeere so kräftig, daß sie sich selbst entzündete. Und ehe man sich's versah, stand sie in hellen Flammen. Ohne einen Laut – wie eine Kerze – verbrannte sie vor lauter Leidenschaft.

Das war das Märchen von Schneebeere.

Ich verstehe es so gut – das Märchen. Vielleicht habe ich es mir ausgedacht, wer weiß?

Ich denke auf jeden Fall viel darüber nach, wie merkwürdig es ist und auch wie einleuchtend, daß ich mich nach einem Mann sehne, der viele Tagesreisen entfernt lebt.

Mich sehne und strahle.

So ist es.

Und ich habe erwogen, einen Feuerlöscher zu mieten...

D.

13. Mai

Lieber Jean Luc,

– es ist drei Wochen her, daß ich einen Satz auf englisch geschrieben habe. Und es ist zwei Wochen und sechs Tage her, daß ich ein Märchen geschickt habe. Und ich mache mir Sorgen über das Schweigen, das auf beide Briefe folgte.

War der englische Satz beleidigend? Das war nicht meine Absicht. Könnte es sein, daß Du so französisch bist, daß Du kein Englisch verstehst? Oder hast Du diese Korrespondenz mit einer Unbekannten satt? Magst Du keine Märchen? Bin ich ganz einfach zu überwältigend?

Vielleicht sind die Briefe auf dem Weg hinunter durch ganz Europa verlorengegangen. Oder vielleicht hast Du mir geantwortet und der Brief ist auf dem Weg zu mir hinauf verlorengegangen?

Die Wahrheit ist, daß ich mich über den Du-Brief sehr gefreut habe. Wahnsinnig gefreut habe.
Und in kühlen Momenten denke ich, vielleicht werde ich ja wahnsinnig?

Woher stammt plötzlich diese Gier nach Briefen von einem fremden Menschen weit weg? Ich kann bisweilen sehen, wie verrückt das ist, und gleichzeitig spüre ich ein Ziehen im Bauch – eine Leere, vielleicht Enttäuschung – beim Gedanken daran, daß dieser Wahnwitz, dieser wundersame Wahnwitz aufhören soll. Es war spannend – nicht wahr? Wir haben uns doch amüsiert?

Und ich muß ein Geständnis machen und erzählen, daß ich in letzter Zeit mehrmals täglich zu meiner Haustür gegangen bin, um nachzusehen, ob nicht doch ein Brief gekommen ist – nur ein ganz kleiner, den ich vielleicht übersehen habe. Hier in Dänemark kommt der Postbote die Treppen hoch und wirft die Briefe in einen Schlitz in der Tür. Ein leichter Brief verursacht kein Geräusch, aber der Brief mit dem Venedig-Katalog zum Beispiel sagte DONK, als er auf meinem Boden landete. Es war ein schönes Geräusch, das – bis in die Küche – anzeigte, daß die Post gekommen war. Die leichten Briefe – die auf Seidenpapier, in einem Luftpostumschlag mit blauen und roten Streifen am Rand – die können durchaus umhersegeln und an der gegenüberliegenden Wand landen. Einer hatte sich einmal zwischen Paneel und Bodenbrett verkeilt.

Die Wahrheit ist, daß ich den Postboten bereits ein paarmal gefragt habe, ob er einen Brief hat, den er aus irgendeinem Grund nicht zustellen kann – er könnte aus Frankreich kommen, aber auch von sonstwo in der Welt, wenn Du zum Beispiel auf Reisen sein solltest. Wenn er nicht wüßte, für wen der Brief sei, dann könnte er für mich sein. Er fand die Frage sehr merkwürdig – und stell Dir vor, ich fand sie so logisch!

Die Wahrheit ist vielleicht, daß ich so kurz geantwortet habe, weil es mir gefällt, so dreidimensional wie in meinen Briefen zu erscheinen und nicht so platt wie auf einem Paßfoto. Vielleicht war ich erstaunt darüber, daß Sie verheiratet sind – vielleicht wurde ich wütend, vielleicht wurde ich ärgerlich, vielleicht bin ich albern, vielleicht sollte ich diesen Brief zerreißen, vielleicht sollte ich einen neuen schreiben. Einen dahingeworfenen, munteren. Vielleicht sollte ich eine Postkarte schreiben, die Beschäftigtsein und Nonchalance signalisiert? Aber das wäre nicht wahr.

Die Wahrheit ist, daß ich mehrmals am Tag zu meiner Eingangstür gehe, um nachzusehen, ob sich ein Brief zwischen Bodenbrett und Paneel verkeilt hat, ein Brief von einem Mann, den ich gerade erst kennenlerne. Das ist das Wahrste, was ich über mich schreiben kann, wahrer als so vieles andere.

Sieh mal, Jean Luc: Ich schreibe auch »Du«, wenn ich dran denke, wenn ich es schaffe. Mein Französisch ist nämlich ein altmodisches Französisch, in dem das Sie die vorherrschende Form ist, meine Orthographie ist bestimmt miserabel, ich habe die Sprache nur *sprechen* gelernt, nie *schreiben*. Ich habe sie von meiner Großmutter gelernt.

Stell Dir mal vor, Jean Luc: Meine Großmutter ereilte das traurige Los, mit einem Dänen verheiratet zu werden. Das ist aus drei Gründen hart: Es gibt zwischen November und März keinen schlimmeren Aufenthaltsort auf der Welt als Dänemark: schwer, dunkel und immer feucht. Und genau da liegt der

Grund für die anderen beiden: Das Wetter färbt schließlich auf die Sprache ab, sie wird klitschig und guttural, was auf die Gedanken abfärbt.

Aber das Schlimmste für sie war vielleicht, daß die Leute, nachdem sie mit meinem Großvater verheiratet war, jedes Mal, wenn sie sich vorstellte, über sie lachten: Ihr Vorname ist Océane. Und der Nachname meines Großvaters ist, wie meiner, Hav, das bedeutet das gleiche wie ihr Vorname. »Océane Hav«, sagte sie und gab den Leuten die Hand, die unwillkürlich grinsen mußten. Das ist nicht lustig – was?

Als kleine Rache gegen das Klima, das Wetter, den Namen und die Sprache hat sie immer an ihrer Muttersprache festgehalten. Ihr Dänisch ist ausgesprochen schlecht. Es kann auch sein, daß es aus Trotz gegen all das Wasser war, das über sie hereinbrach: Ihre Muttersprache ist ihr Anker. Zu Hause bei meinem Vater wurde ausschließlich französisch gesprochen. Ich habe Geschichten von früher erzählt bekommen, und mir war immer klar, daß sie in einer anderen Sprache spielten: Geschichten aus der Conciergewohnung im 5. Arrondissement mit zu vielen Kindern auf zu wenig Platz, mit zuwenig Geld und zuviel Absinth – ganz wie aus dem Lehrbuch. Geschichten von Sonntagsausflügen an die Seine. Das war Luxus und kam ihnen weit weg vor, auch wenn es nur zwei Blocks waren. Die Seine war das einzige Meer, das sie gesehen hatte, ehe sie nach Dänemark kam und plötzlich von allen Seiten davon umgeben war. Geschichten von Armut, aber auch vom Stolz der

Mutter und der Unbefangenheit der Kinder. Und dann war sie natürlich das hübscheste Mädchen der Straße. Sie wurde gefeiert. Nur ein paar Jahre Schule, dann zum Arbeiten beim Bäcker nebenan, später hinter der Theke der Bar an der Ecke.
Da lernte der junge Ingenieur aus Dänemark sie kennen. Da, zwischen den Kriegen, an der Ecke Rue Saint Jacques und Rue Dante, begann meine Zweisprachigkeit.

Der Ingenieur und das Barmädchen waren per Sie – und das blieben sie auch. Und es entstanden immerhin drei Kinder, die ihre Mutter ebenfalls mit Sie ansprechen. Die zweite Person Singular liegt mir deshalb nicht, mit dieser Beugung hat meine Zunge Probleme.

Mein Französisch ist, sagt man, so wie man es zu Beginn des Jahrhunderts sprach. Es ist, als hätte man es in Aspik gegossen und an einem kühlen Ort aufbewahrt. Man sagt ja auch, daß Sprachforscher, die wissen wollen, wie eine Sprache gesprochen wurde, bevor es Schallplatten und Tonbandgeräte gab, Auswanderer in abgelegenen Gegenden aufsuchen müssen.

Aber ich will gerne »Du« sagen und die Verben in der zweiten Person Singular beugen, wenn ich an Dich schreibe. Ich habe geradezu Lust darauf, mir die Mühe zu machen. Und ich schreibe:

Die Wahrheit ist, ich sehne mich danach, daß Du mir schreibst.

Jetzt mache ich Schluß, ziehe meinen Regenmantel an, stecke den Brief in die Tasche und gehe sofort auf die Post – bevor sie zumachen und bevor ich diesen langen Brief bereue. Und dann schicke ich ihn per Express, zusammen mit den herzlichsten Grüßen.

  Delphine

Kleiner Kurs in der Verwendung der Du-Form in verschiedenen grammatischen Varianten:

Ich möchte mir vorstellen, daß Du deinen Nacken beugst.
   Und daß Du zum Spiegel gehst.
   Du löst Deine Haare.
   Du bist träge.
   Ich stelle mir vor, Du bewegst Dich langsam, während Du den obersten Knopf deiner Bluse aufknöpfst – und dann den nächsten ...
Du läßt Deine Bluse herabgleiten, und ganz langsam, als ob Du in Trance wärst, schiebst Du deinen Rock – deinen langen schwarzen Rock – hinunter; erst bis zu den Knien, dann trittst Du aus ihm heraus.
   Ich stelle mir vor, daß Du halbnackt vor dem Spiegel stehst, damit ich Dich richtig sehen kann. Deine Haut leuchtet, und Du ziehst die Vorhänge vor.
   Du läßt Dich in den Nacken küssen von

Jean Luc

24. Mai

Jean Luc,

– schwerelos lese ich deinen Brief immer und immer wieder.

Ich beuge den Nacken und beuge die Verben und sehne mich. (Auf Dänisch verwendet man das Wort beugen sowohl für Verben als auch für Körperteile.)

Ich bin schwerelos vor Sehnsucht nach einem Mann, den ich nicht kenne – dessen Handschrift ich kenne, ohne die Hand zu kennen; dessen Worte ich kenne, ohne den Mund zu kennen. Schwerelos vor Sehnsucht und Neid auf das Papier, auf dem ich schreibe, das Du bald in den Händen halten wirst und auf das Dein Blick fällt. Ich denke an Dich abwechselnd als »Du« und als »Er«.

Dort zu sein – in seinen Händen und unter Deinem Blick.

Ich beneide das Wasser, das am Morgen über Dich fließt; Tropfen für Tropfen wird es zu Strömen, die über den nackten Körper fließen. Ich beneide den Kamm, der durch die Haare fährt und die Tasse, die er an die Lippen führt. Ich beneide das Messer, das er in der Hand hält – die Hand, die das Brot schneidet. Das Brot, in das er hineinbeißt.

Wie gerne wäre ich Dein Hemd, das leicht den Nacken, die Schultern, den Bauch berührt. Wie gerne wäre ich die Schuhe, die er vor vier Jahren in der Schweiz gekauft hat, die er so gerne trägt und die er so oft putzt – gar nicht zu reden von den Pinseln, die im Atelier auf ihn warten, oder die Leinwand – auf einen Rahmen gespannt!

Wie gerne wäre ich auch der Sessel im Atelier, in den Du Dich setzt, wenn Du Deine Arbeit betrachtest.

Wie beneide ich die Flasche Wein, die er genußvoll trinkt, während er ein Hähnchen zubereitet – sich vorzustellen, das Hähnchen zu sein, das mit Olivenöl, Knoblauch und Salz eingerieben und das später von ihm verzehrt wird.

Oder sich vorzustellen, der Friseur am Ort zu sein, der ihm hin und wieder die Haare schneidet – oder die Kassiererin im kleinen Felix Potin, dem Supermarkt, den es sicher am Marktplatz gibt.
Sie weiß nicht, welches Glück sie hat, ihm täglich guten Tag sagen zu dürfen und ihn zum Abschied zu fragen, ob er auch nichts vergessen hat!

Sich vorzustellen, die Münzen zu sein, die warm davon sind, in seiner Tasche zu liegen und mit denen er bezahlt.

Welches Laken würde ich lieber sein: das, auf das er sich legt, wenn er zu Bett geht, oder das, mit dem er sich zudeckt? Lieber das, mit dem er sich zudeckt, glaube ich, das sich an seinen Körper schmiegt, das er zwischen die Beine zieht und unter die Arme. Das, an dem er riecht, wenn es frischgewaschen ist, und das im Lauf der Nacht nach ihm riechen wird. Ich trau mich gar nicht, daran zu denken ...

Und doch, wäre ich Dein Messer, Deine Tasse oder Dein Hähnchen, wäre ich die Kassiererin im Supermarkt oder Dein Schuh oder Dein Hemd, dann wäre ich nicht schwerelos vor Sehnsucht, wie ich es jetzt bin, dann würde ich nicht Parfum aufs Handgelenk tropfen und damit über jede Seite streichen – ganz diskret am Rand. Dann würde ich diesen Brief, den ich geschrieben habe, nicht säuberlich falten und in einen Umschlag stecken, wie ich es gleich tun werde. Ich wäre nicht so schwerelos wie der Duft, wie ich selbst. Schwerelos vor Sehnsucht. So schwerelos, daß ich mit verschickt werde. Dann wäre ich nicht diejenige, die gerade einen Brief von Dir bekommen hat und die schwerelos immer noch heißt

Delphine

24. Mai, 22.30 Uhr

Und dann – Jean Luc – muß ich plötzlich an meine grenzenlose Gedankenlosigkeit denken.

Darf ich überhaupt einen Brief, wie den, den ich Dir heute geschickt habe, den schwerelosen Brief (oder etwas, das noch schlimmer ist) an Deine Privatadresse schicken. Gehört sich das? Ich komme mir schrecklich dumm und gedankenlos vor und sehe, daß noch andere außer Dir ihn lesen...

Und dieser Brief – auch er kann ja nur an Dich nach Hause adressiert werden...

Hilfe?

D.

Liebe Delphine,

denke an Dich und koste deinen Namen: Delphine.
Wenn ich die Augen schließe, sehe ich einen nassen
Körper durchs Wasser nach oben schießen.

Ich sitze im Hof unter meinem Maulbeerbaum
und schreibe an Dich. Wenn ich die Augen schließe,
sehe ich Formen und Licht, so kann ich am besten
an Dich denken.

Zwischendurch öffne ich die Augen, sonst
kann ich ja nicht schreiben – und das hier sollte
doch ein Brief werden, wenn auch schubweise
und staccato.

Wenn ich die geschlossenen Augen der Sonne
zuwende, sehe ich eine Farbe, die ich nicht
kenne und von der ich noch weniger weiß, wie sie
heißt. Ist es ein Blau in dem stechenden Licht?
Oder ist es weiß, gelb oder pfirsichfarben? Oder
sehe ich vielleicht die Innenseite meiner Augenlider?
Oder ist es die Erinnerung an die Farbe des
Himmels, so wie ich ihn sah, bevor ich die Augen
geschlossen habe? Es ist ein schneidendes Licht,
eine fast kalte Farbe, obwohl die Augenlider
prickelnd warm werden. Für den Bruchteil

einer Sekunde ändert sich die Farbe vor meinem inneren Auge (nur das kann man wohl *das innere Auge* nennen), weil ein Mauersegler zwitschernd zwischen mir und der Sonne durchfliegt.
Sogar eine Fliege verändert die Farbe, und ich weiß, wie eine Wolke – so luftig und leicht sie auch sein mag – die Farbe verändert, es ist im Grunde eher eine Wahrnehmung als eine Farbe.

Die Wahrnehmung wird tiefer und rauher durch einen Lufthauch, der den Geruch einer Tomatenpflanze zu mir trägt. Und auch das Wissen um die beinahe geruchlosen alten Rosen hinter mir ändert die Farbe der Wahrnehmung, die mit einemmal kühl und sanft über dem warmen, geheimnisvollen Duft der Nachtschattenpflanze wird.

Ich denke darüber nach, wie ich einem Blinden Farben erklären würde. Für mich haben Geruch und Farbe immer zusammengehört, aber wäre es objektiv richtig, Farben mit Hilfe von Gerüchen zu erklären – Gerüchen und Wahrnehmungen?

Die Farbe Dodenkop, eine Farbe, die ich sehr liebe und die den morbiden Namen Caput Mortuum trägt, ist genau so tief und bitter wie der Geruch einer Tomatenpflanze.

Die Farbe Weiß ist wie der Geruch von Gurke, obwohl Gurken grün sind. Schließ die Augen, Delphine, riech an einem Stück Gurke und sag mir, ob es etwas gibt, das weißer duftet.

Morgentau ist braun. Frisch gelegter Asphalt ist gelb. Und grün ist und bleibt der Geruch von frisch geschnittenem Gras.

Die Blautöne gehören zu etwas Vegetabilem,

Terpentinartigem, das natürlich weit entfernt verwandt ist mit den ätherischen Ölen des Lavendel. Wenn ich die Augen schließe und an einem Lappen mit Terpentin rieche und dabei gleichzeitig den alten verbeulten Blechkrug berühre, in dem ich meine Pinsel reinige, dann sehe ich eine Farbe irgendwo zwischen Aquamarin und Granit.

Da fällt mir ein, daß ich noch nie einen Blinden nach dem Grad seiner Blindheit gefragt habe: Es ist ja womöglich nicht ganz schwarz da drinnen, wer weiß, vielleicht ruft die Sonne auch in ihm dieses innere Auge hervor, das ich vor mir sehe, wenn ich an Dich denke? Der Gedanke leuchtet von innen heraus und bei allen Gelegenheiten.

Ich öffne meine Augen, um all dies zu schreiben, ich schaue auf die Mauer aus riesigen Steinen, die dahinten in der schattigen Ecke eher blau als graubraun ist und wo Bastian mit heraushängender Zunge liegt und die Kühle des Hofs in sich aufnimmt. Der kleine Hund Perle hat sich unter den großen Sessel im Atelier zurückgezogen.

Es ist Mai in meinem Hof, so ist der Mai. Der Mai ist der Monat der Gerüche – der Monat der Farben und der Sehnsucht.

Der Mai ist auch der Monat der Erinnerung. Für mich bedeutet dieser erste Sommermonat die Erinnerung an den Mann, der vielleicht mein Großvater war. *Vielleicht* deshalb, weil ich nicht sicher bin, ob der Mann, den ich Vater nennen mußte, es auch wirklich war. Laß uns der Einfachheit halber sagen, der Mai bedeutet die

Erinnerung an meinen Großvater. Ich habe
ihn geliebt – meinen Großvater – der sonntags
seinen alten Malerkittel anzog, den Hut aufsetzte
und die Staffelei unter den Arm nahm. Er
machte das an allen Sonntagen, an die ich mich
erinnern kann, aber im Sommer, besonders
im Frühsommer, roch sein Malkasten am stärksten.

Er konnte nur sonntags malen, er hatte nämlich
ein kleines Geschäft in Perpignan. Ein Geschäft, in
dem es Werkzeuge und braune Seife und Bohnerwachs gab, Nägel und Tauwerk und Malutensilien.
In einer Ecke des Geschäfts entwickelte er seinen
Ehrgeiz: Die Abteilung war dem Künstlerbedarf
gewidmet. Hier lag sein Herz, sein Kindertraum und
sein Stolz, aber es gab eigentlich keine Kunden für
die exklusiven Tubenfarben, Dachshaarpinsel,
Mastix und Temperafarben. Nur ab und zu kamen
glücklicherweise Künstler oder Amateure, mit denen
er über die Qualität von Leinwand, Lumpenpapier
und Ölfarbe diskutieren konnte.

Die dicke und ungeduldige Frau im ersten Stock
nenne ich der Einfachheit halber Großmutter.
Sie war so dick wie mein Großvater dünn war, so
reizbar wie mein Großvater gelassen war. Sie rief
immer irgend etwas – ungeduldig. Sie war
ungeduldig, wenn sie aß, deshalb war sie schon
lange viel zu dick. Ungeduldig mit mir, deshalb
mochte ich sie nie richtig, und ungeduldig,
wenn mein Großvater etwas sagte, deshalb schnitt
sie ihm die Worte ab, bevor sie seine Lippen
verlassen hatten, indem sie die Sätze nach

Gutdünken vollendete. Sie klingelte ständig mit ihrer kleinen Glocke von da oben, um meinen Großvater oder den Ladenhelfer François auf den Gehsteig zu rufen, damit sie Aufträge von oben entgegennehmen konnten oder den Korb, der mit einem Seil herabgelassen wurde. Sie war zu dick oder zu unpäßlich, um auf den Markt zu gehen. Als ich alt genug war, um die Einkaufszettel zu lesen, machte ich die Besorgungen, wenn ich bei ihnen wohnte.

Ich war sehr gerne in den Ferien in Perpignan, wegen meines Großvaters, wegen François und des Geschäfts. Da gab es schmale Schubladen mit vielen Fächern, die durfte ich aufräumen. Da gab es die Bestellkataloge mit kleinen farbigen Feldern, die Namen der Farben standen darunter, und lange bevor ich lesen konnte, hatte ich das Gefühl, die verschiedenen Farbtöne riechen zu können. Für mich hatten die Farben also Gerüche, bevor sie Namen hatten. In der einen Ecke stand ein niedriger Stuhl mit geflochtenem Sitz und hoher Lehne. Es war ein schöner Stuhl zum Sitzen, weil es ein Erwachsenenstuhl war und ich dennoch mit den Füßen auf den Boden reichte. Ich konnte stundenlang da sitzen und die Kataloge anschauen. Im Geschäft gab es Jute und Hanfseile und hohe, schmale Gläser mit Schrauben in verschiedenen Größen. Da gab es eine Leiter, die auf einer Schiene ein ganzes Regal entlanglief, und das satte Geräusch der kleinen, wohlgeschmierten Rollen ist eng verbunden mit den Ferien in Perpignan. Nichts hat seither mehr so geklungen.

Meine Mutter arbeitete als Kindermädchen bei einer wohlhabenden Familie außerhalb von Paris. Ich glaube, der Herr des Hauses meinte, »Kindermädchen« bedeutete, dem Mädchen ein Kind zu machen. Auf jeden Fall war ich drei Jahre alt, als Mutter sich mit dem Mann verheiratete, den ich Vater nennen sollte. Ein Mann, der so ungeduldig wie dünn war: so dünn wie mein Großvater, so ungeduldig wie meine Großmutter. Von den dreien mochte ich nur meinen Großvater. Ihn liebte ich. Und sonntags gingen wir hinaus – er und ich –, um zusammen zu malen und zu schweigen.

Als ich sechs war, bekam ich einen Malkasten von ihm geschenkt. Einen Malkasten mit den allerbesten Le-Franc-Tubenfarben, mit Platz für eine Palette und einer kleinen Leinwand im Deckel. Den Terpentinbehälter konnte man an die Palette klemmen, und mein Großvater zeigte mir, wie man mit dünnen Farben anfängt und dann langsam das Gemälde aufbaut. Fünf Tage nach meinem elften Geburtstag starb er, mein Großvater. Ich weiß nicht, woran. Vielleicht hat er sich das Leben genommen, weil er nur sonntags malen konnte – malen und schweigen. Als er starb, beschloß ich, wenn ich groß wäre, würde ich immer malen, auch sonntags. Tatsächlich male ich inzwischen sonntags selten, aber ich denke oft an ihn, ganz besonders im Mai.

Heute habe ich außergewöhnlich viel an ihn gedacht, und ich habe an Dich gedacht. Ich habe zurück in die Zeit gedacht, ich habe in die Welt hinaus gedacht, und mittendrin sitze ich in meinem Hof unter dem Maulbeerbaum und schreibe. Jetzt schließe ich wieder die Augen, und es bleibt mir nur noch zu schreiben: Danke für deinen hübschen, schwerelosen Brief, den ich heute bekam.

Jean Luc

Ja, Delphine,

Jetzt antworte ich Dir auf deinen kleinen Postscriptum-Brief, der dem schwerelosen folgte. Doch, Du kannst mir nach Hause schreiben. Weil meine Post doch nicht nach Hause zu mir kommt. Ich habe im Postamt am Marktplatz ein Postfach. Ich gehe täglich hinunter und schaue nach, ob etwas gekommen ist. Es kommt immer ziemlich viel Post, und seit Anfang dieses Jahres gehe ich jeden Tag mit besonderer Freude hin. Gestern, als ich das Gebäude betrat, errötete der Postmeister bis an die Haarwurzeln. Er ist ein Krüppel, und er ist bestimmt nie mit einem anderen Menschen verflochten gewesen. Sein Erröten rührte daher, daß Du hinten auf den Umschlag geschrieben hattest: »Ich küsse den Briefträger, der diesen Brief zum Adressaten bringt.« Und ich teilte seine Verwirrung, als ich den Satz las. Ich war so verwirrt, daß ich den Schlüssel in das Postfach fallen ließ, das ich gerade geschlossen hatte. Das Ganze war sehr unangenehm. Aber ich habe irgendwo einen Ersatzschlüssel, und die Post hole immer ich. Du kannst also ganz ruhig sein.

JL

4. Juni

Jean Luc – *weißt Du was?*

Diese drei Wörter erfüllen mein Gehirn und sie erfüllen mich mit Lust. »Weißt du was«, sagt man, um ein Gespräch zu beginnen. »Weißt du was«, sagt man zu einem Menschen, mit dem man häufig spricht, mit dem man vertraut ist. Ich könnte zum Beispiel sagen: »Weißt du was – ich habe mir überlegt, wir könnten morgen ans Meer fahren«, oder: »Weißt du was – die Blumen, die ich letzte Woche von dir bekommen habe, halten sich immer noch.« Die Satzkonstruktion ist eine Mischung aus Frage und Feststellung. So ein Satz hat gleichzeitig etwas Alltägliches, Hingesagtes und sehr Intimes. Ich könnte auch sagen: »Weißt du was – du bist schön.«

Das würde ich gerne sagen, wenn ich in Deiner Küche stehe und Brot schneide. Wir stehen mit dem Rücken zueinander, und ich sage, fast nebenbei: »Weißt du was – du bist schön.« Und Du wendest Dich zu mir um, legst die Hände auf meine Hüften und drehst mich herum, damit ich Dir in die Augen sehen kann, und Du sagst: »Weißt du was – du bist selber schön.« Dein Mund kommt näher,

Dein Duft kommt näher, Dein Körper kommt näher –
Du bist ganz nah und willst mich gerade küssen …

»STOP!« ruft da der Regisseur. »Stop – noch einmal«, sagt er. »Es ist okay, wenn der Kaffee überkocht und die Gasflamme während des Vulkanausbruchs um ihr Leben kämpft, aber sie kann wirklich nicht mit einem Brotmesser in der Hand dastehen, wenn er sie küßt. Sie sieht aus wie Lady Macbeth.«

»Noch einmal«, sagt der Regisseur. Und der Regisseur wischt den Kaffee vom Herd, die Maskenbildnerin streicht mir Lipgloss auf die Lippen. »Okay«, sagen wir, meinen aber in Wirklichkeit: »Ja, nur zu gern.« Und der Regisseur setzt wieder Kaffee auf und vergewissert sich, daß die Gasflamme brennt, das Scriptgirl fragt: »Fertig?« Wir nicken, drehen uns den Rücken zu. Die Klappe und ein paar Zahlen zeigen an, wie oft die Szene durch meinen Kopf gelaufen ist – diese Weißt-du-was-Szene. Ich würde mit Freuden das gesamte Brot der Bäckerei in dünne Scheiben schneiden und immer wieder was ein bißchen falsch machen – auch wenn es den Regisseur in den Wahnsinn triebe – nur um immer wieder sagen zu dürfen: »Weißt du was – du bist schön.«

Ich habe kein Interesse daran, es perfekt zu machen oder in Cannes die Goldene Palme zu bekommen. Ich möchte nur immer wieder diese Szene spielen.

Weißt Du was, Jean Luc – jetzt weißt Du, was heute mein Gehirn und mich mit Lust erfüllt.

Delphine

Liebes Mädchen,

Du bist verrückt. Es ist schön, daß Du verrückt bist, und ich habe mich über deinen »Klappe«-Brief gefreut. Bis zu den diagonalen Streifen um den ganzen Umschlag herum war es eine »Klappe«-Brief.
　Wer magst Du sein, Delphine? Was machst Du, wenn Du keine Briefe an mich schreibst? Und wie siehst Du aus?
　Durch unser merkwürdiges Spiel lerne ich eine Frau kennen, aber ich möchte mehr erfahren. Du weißt ja – durch den Katalog –, wie ich aussehe. Und ich möchte so gern wissen, wie Du aussiehst.
Ist das zuviel verlangt?
　Ich bereue jetzt, daß ich Dir geschrieben habe, wie ich mir Dich vorstelle, denn vielleicht willst Du mir deshalb kein Foto von der wirklichen Delphine schicken. Du siehst natürlich nicht so aus, wie ich es mir vorstelle, das weiß ich wohl. Vielleicht hast Du Angst, mich zu enttäuschen, vielleicht findest Du Dich selbst nicht schön genug, nicht fest genug, vielleicht meinst Du, Dein Busen sei nicht groß genug oder sogar zu groß, was weiß ich. Ich weiß bald nicht mehr, warum Frauen ihre Schönheit mit so einer

masochistischen Selbstjustiz untergraben. Delphine –
ich habe einige Frauen gekannt – schöne Frauen.
Und nicht eine von ihnen war zufrieden mit ihrem
großen oder kleinen Busen, ihren lockigen oder
glatten Haaren, nicht eine war mit ihrem Aussehen
zufrieden.

Ich kann Dir versichern, Du *bist* schön, weil Du
schreibst, wie Du schreibst. Du bist auf jeden Fall
schön, so wie Du bist, weil Deine Briefe sind, wie sie
sind; entstanden in Deinen Gedanken und aus
Deiner Sehnsucht, entstanden in Dir und durch Deine
Hand zum Leben erweckt.

Ich war nie, was man als schönen Mann bezeichnen
könnte, Du hast mich ja auf dem ziemlich neuen
Foto gesehen, und Du hast mich als einsamen und
jungen Mann in Venedig gesehen. Du weißt, wie ich
aussehe, Du kannst mir also ruhig ein Bild von
Dir schicken, denn es kann nicht an meinem
Aussehen liegen, daß Du mir weiterhin schreibst.

Wir hätten auch ein anderes Spiel spielen können: Ich
hätte Dir ein Bild von jemandem schicken können,
der aussieht, wie ich gerne aussehen würde. Das
würde mehr darüber sagen, wer ich bin. Das wäre ein
Spiel, das der Art und Weise, wie wir uns schreiben,
sehr nahe kommt. Denn beim Schreiben geben wir
uns große Mühe, uns von der Seite zu zeigen, die wir
am liebsten mögen, aus der Perspektive, aus der wir
am liebsten gesehen werden wollen. Vielleicht
würden wir uns gar nicht erkennen, wenn wir uns
träfen, wer weiß? Nicht weil das, was wir schreiben,
gelogen ist, sondern geschrieben wie aus einer

Zauberkugel, einer Höhle. Und außerhalb der
Zauberhöhle erkennst Du mich vielleicht nicht?
 Wen würde ich wohl nehmen?
 Humphrey Bogart habe ich immer gemocht, als
Männertyp: ein bißchen cool und doch sensibel. Ich
fand es immer lustig, mir vorzustellen, daß er auf
einer Kiste stand, wenn er Lauren Bacall küßte.
Und dann wurden sie doch ein Paar im, wie man so
sagt, richtigen Leben, abseits der surrenden Kameras.
Und er ist ja wohl nicht ständig mit einer Kiste
herumgelaufen? Sie mochte es bestimmt gern, daß er
nicht so groß war, und er war bestimmt mächtig stolz
darauf, daß er, ein so kleiner Mann, eine so große,
tolle Frau gekriegt hatte. Ich bin auch nicht sehr groß,
und ich habe mich oft gefragt, warum ein Mann sich
lächerlich macht und es selbst auch so empfindet,
wenn seine Frau größer als er ist. Ich meine: Es zeugt
von großer Potenz, ein großes Auto, ein großes Boot,
ein großes Haus, einen großen Hund zu haben.
Es symbolisiert doch: »Schaut, was ich draufhabe.«
Und warum dann nicht auch eine Frau, die fünfzehn
Zentimeter größer ist?
 Nein, jetzt weiß ich, wie ich gerne aussehen
möchte: wie der Postmeister Pierre Gamin – den Du
auf der Rückseite des Umschlags geküßt hast.
Er hat wirklich das hübscheste Gesicht, das ich kenne.
Er ist, was man einen schönen Mann nennt, mit
dunklen, kurzgeschnittenen Haaren und leuch-
tendblauen Augen, und er muß sich bestimmt zwei-
mal am Tag rasieren, um so gepflegt auszusehen.
Man kann die Haare auf seiner Brust sehen, wenn er
sich an einem besonders heißen Sommertag ge-

stattet, den obersten Knopf seines weißen Hemdes zu öffnen. Er ist jung und voller Sehnsucht. In seinen Augen ist eine Wachheit, die ihn unendlich schön macht. Ich bin jeden Tag, wenn ich die Post hole, erstaunt darüber, wie schön er ist. Aber mit seiner Gestalt und seinem Leben wollte ich bestimmt nicht tauschen. Er ist, wie ich wohl schon in einem meiner früheren Briefe geschrieben habe, fürs Leben gezeichnet durch einen Unfall als Kind, er muß sich mühsam auf zwei Krücken fortbewegen, wenn er nicht in seinem Rollstuhl sitzt.

Alle unsere Briefe – meine an Dich und Deine an mich – gehen durch seine Hände. Was er wohl denkt? Und ich denke: Kann er eine Frau glücklich machen? Und würde Delphine auch ihm solche sehnsuchtsvollen Briefe schreiben?

Es ist etwas in seinem Blick, das mir sagt, daß eine Frau unendlich glücklich werden könnte mit ihm, wenn sie es wagen würde. Aber würdest Du – Delphine – Dich nach ihm sehnen? Würdest Du?

Nun, genug davon. Schick mir ein Bild, damit wir pari sind, und antworte mir bald. Morgen, wenn ich diesen Brief aufgebe, werde ich den Postmeister verdammt scharf anschauen, nur um sicher zu gehen.

JL

18. Juni

– ich weiß nicht, wer von uns beiden verrückter ist: Du oder ich. Ich sehne mich nach Dir, ist das verrückt? Du hingegen fragst mich, ob ich mich auch nach einem anderen sehnen könnte. Als ob ich eine bestimmte Portion Sehnsucht hätte, die nur für einen reichen würde. Du bist verrückt! Ist es nicht ziemlich einleuchtend, daß ich mich nach Dir sehne und nicht nach dem, der zufällig Dein Briefträger ist? Du schreibst diese wunderbaren Briefe, nach denen ich mich sehne. Eigentlich weiß ich gar nicht, was ich Dir antworten soll, denn ich bin doch gerade deshalb die, die ich bin, weil ich mich nach Dir sehne, und Du bist der, der Du bist, weil Du einen leuchtenden Punkt in mir getroffen hast. Mit diesem Menschen korrespondiere ich.

   Du irrst Dich, Jean Luc, wenn Du glaubst, daß ich die Bilder aus dein Venedig-Katalog vor mir sehe, wenn ich an Dich denke, und Du irrst Dich auch, wenn Du schreibst, daß Du kein schöner Mann bist. Darüber könnten wir streiten. Nur wäre mir diese Diskussion ziemlich egal, weil Du viel mehr ein Gefühl in meinem Körper als ein Bild auf meiner Netzhaut bist. Du bist viel eher eine Form in meinem Bewußtsein als eine visuelle Erinnerung. Das Ganze hat doch damit begonnen, daß Dein Gemälde sich in meinem Körper eingelagert hat; aber auch dieses Gefühl ist in den Hintergrund getreten zugunsten eines ganz anderen Zustands, der ständig wächst und neue Triebe bekommt, besser kann ich es nicht ausdrücken.

Deshalb schicke ich Dir auch kein Bild von mir. Ich werde übrigens selten fotografiert, ich mag es nicht, weil ein Foto mich in der Kraftanstrengung festhält, die es mich kostet, so schön auszusehen, wie ich mich manchmal fühle. Ein Foto fixiert mehr, als es zeigt. Auf Fotos sehe ich meistens aus, als befände ich mich in einem sauerstoffarmen Raum, zwischen mir und dem Betrachter ist immer eine unsichtbare Haut.

Daß die Zellen sich ständig teilen, daß jede Hautschicht sich erneuert, daß die Oberhaut sich bei Kälte zusammenzieht wie die Pupillen bei Licht, daß die Farbe der Augen sich verändert, je nach Wetter und Gemütsverfassung, das kann man auf einem Foto nicht sehen. Daß ich mich an einem Tag dünn fühle, am nächsten dick, an einem Tag leicht und am nächsten erdenschwer, daß ich an einem Tag von einem guten Film beeinflußt bin, am nächsten von der Mitteilung, daß ein guter Freund krank ist, das kann man nicht auf einem Foto sehen. Du kannst die Beweglichkeit und die Bewegung von einem Zustand zum nächsten nicht erleben – das Veränderliche wird von der Fotografie nicht gezeigt. Das veränderliche Körpergefühl, schwankende Gemütszustände, ein sich wandelnder Blick.
Wenn man auf eine Klaviertaste drückt, entsteht ein Ton. Aber der Übergang zum nächsten Ton und

wieder zum nächsten, das macht aus Tönen Musik.
Entsteht nicht auch das Leben in den Übergängen, in
den Zwischenräumen? Sind wir nicht nur
Veränderung und Bewegung?

   Daß ich ein paar Fotos von Dir gesehen habe, heißt
doch nicht, daß ich Dich in diesem Sinne *kenne*. Ich
kenne Dich nicht in Bewegung und Veränderung.
Ich weiß nicht, ob Du eine typische Handbewegung
hast oder eine bestimmte Art, den Kopf zu bewegen.
Ich weiß nicht, wie Du aussiehst, wenn Du, reisefertig
und gutgelaunt, plötzlich am Flughafen feststellst,
daß Du Deinen Paß vergessen hast. Ich weiß nicht,
wie Du aussiehst, wenn Du mitten in der Arbeit vom
Klingeln des Telefons gestört wirst oder wenn Du
einen Brief von mir in Deinem Briefkasten findest. Ich
weiß nicht, wie Du aussiehst, wenn Du an die lustige
Geschichte denken mußt, die Du gestern gehört hast,
oder wenn Du an einer Frau vorübergehst, die so
duftet wie eine, in die Du einmal verliebt warst.

   So gesehen wissen wir beide gleich wenig über das
Aussehen des anderen. Und wann – wenn überhaupt
– haben wir die Chance, nackter – und unverletzter –
als jetzt zu sein?

   Ich bin genau so häßlich und so schön, wie Du es
Dir vorstellst, und bleibe

   Deine ergebene Delphine

Liebe Delphine,

*schau mich an*
Danke für Deinen Brief ohne Foto,
*laß mich an Deinem Hals riechen*
jetzt muß ich Dich erfinden.
*meine Lippen auf Deinen – weichfeucht*
Wenn ich Dich ganz von Anfang an erfinden müßte,
dann würde ich eine Frau erfinden, die mir einem
bezaubernden Fan-Brief geschrieben hat.
*meine Hände um Dein Gesicht*
Ich würde eine Frau erfinden, die mir weiter
bezaubernde Briefe geschrieben hat.
*meine Finger in Deinem Mund*
Ich würde eine Frau erfinden, die »weißt du was«
zu mir sagt,
*die Finger, wie Keile in Deinem Mund*
die so weit weg wohnt – vielleicht in Dänemark –
daß ich sie erfinden mußte.
*ich höre, wie Du stöhnst*
Und ich würde erstaunt sein, daß ich eines Tages
aufwachen und sie vermissen würde.
*Dein Körper öffnet sich sanft gegen mich*
Ich würde eine erfinden, die so klug ist wie Du,
*Deine Hände öffnen meine Hose*
so leidenschaftlich wie Du,

*befreien meinen pochenden Schwanz*
so schön wie Du,
   *spreiz die Beine – Delphine – damit ich Dich spüren kann*
so verrückt,
   *naß*
so wild.
   *ich in Dir*
Ich würde eine erfinden, die mich erfinden würde.
   *Deine feuchte Zunge an der Spitze*
Ich würde Dich erfinden,
   *mach weiter, Delphine*
wenn ich genug Phantasie hätte, jemand so Schönes
und Liebliches
   *nimm mich in Deine Hände*
so sehr Du
   *mach weiter*
wie Du.
   *oh ja – laß mich in Deinem Mund kommen*
Du kommst
   *ich komme*
in die Lage, Dich von mir erfinden lassen zu müssen,
wenn Du mir kein Bild schickst.
   *… oh wie wunderbar*
Wie wunderbar, Dich zu einem lebendigen
   *ja*
und absolut wirklichen Teil
   *…*
meiner Phantasie zu machen.
   *ich umarme Dich*
Ich umarme Dich.

*JL*

5. Juli

Lieber Jean Luc,

– als Kind wäre es die schlimmste Strafe gewesen, ohne Abendessen ins Bett geschickt zu werden. Und jetzt – ich bin kein Kind mehr – bin ich aus freien Stücken ins Bett gegangen, und ich kann keinen Bissen herunterbekommen.

Wie kann man nur eine Vorspeise essen, ein Hauptgericht, Käse und Nachtisch? Doch, ich habe es selbst schon gemacht – ich bin im Restaurant gewesen und habe es genossen. Und jetzt – ich habe es mit Gurke versucht, habe jedoch Angst, sie in die verkehrte Öffnung zu stecken.

Ich kann Wasser trinken, und das tue ich. Und ich kann Saft trinken, das tue ich. Ich kann eine Zigarette rauchen – das kann ich wirklich. Kannst Du es? Und ich könnte Wein trinken, wenn ich nur eine Flasche Wein hätte. Ich kann mit dem Füller schreiben. Das kann ich. Aber wie Du siehst, geht es nicht besonders gut, weil ich ins Bett gegangen bin; ins Bett ohne Abendessen, ins Bett mit meinem Füller. Und die Tinte läuft in die falsche Richtung. Die Tinte läuft in die völlig falsche Richtung, zurück in die Tintenpatrone.

Jetzt halte ich den Füller nach unten – und lecke die Spitze ein bißchen an, um schreiben zu können, Dein Brief macht mich sehr glücklich, der Genesis-Brief, in dem ich erdacht werde und Du mich gleichzeitig liebst.

Ich lese ihn immer wieder und kann nichts sagen, weil ich gerade erschaffen werde und nichts sagen *kann,* und weil ich glücklich bin und erfüllt von Dir und nichts sagen *will.*

Herzlichst, Delphine

Liebe D.

Ich bin heute traurig. Mein großer Hund, Bastian, ist gestern gestorben. Er hatte seit ein paar Tagen Schmerzen, der Tierarzt hat nach ihm gesehen, war jedoch nicht beunruhigt. Es war ein starker Hund, noch nicht alt, er würde schon wieder gesund werden. Und dann gestern, früh am Morgen, hörte ich, wie er klagte, zu krank, um richtig zu jammern.

Wie der Hund mich ansah: eine inständige Bitte um Hilfe und Erlösung. Und meine Ohnmacht, ganz schwach war ich – und hilflos. Ich habe selbstverständlich den Tierarzt angerufen und ihn aus dem Bett geholt, aber bis er kam, war Bastian tot. Mein großer, gutmütiger und kluger Hund.

Wie schwer der tote Hundekörper auf dem kalten Steinboden war. Wie schwer ich war, als ich das Grab für ihn ausschaufeln wollte. Ein tiefes Grab, und groß. Ich habe viele Stunden gegraben, und erst gegen Abend konnte ich Laurent, einen Freund, der in der Nähe wohnt, um Hilfe bitten.

Er war so schwer, und die kleine dumme Perle saß nur in der Ecke und winselte, weil sie nicht verstand, daß Bastian sie nicht wie immer anstupste.

Und Laurent sagte pragmatisch: »Es ist ja nur ein
Hund. Du kannst Dir einen neuen besorgen,
die gleiche Rasse.« Ich habe das Gefühl, daß alles
egal ist.

Ich bin heute den ganzen Tag so merkwürdig herumgelaufen, ohne etwas zu tun. Und davon werde ich
nur noch schwerer.
    Jetzt habe ich einen Brief an Dich geschrieben.
Nicht um die Schwere von mir weg und Dir
zuzuschieben. Ich wollte nur meine Traurigkeit mit
Dir teilen.

    Der fast hundelose Herr JL

16. Juli

Als ich las, daß Bastian tot ist, war der erste Gedanke, der mir durch den Kopf flog, Dir einen Schmetterling zu schicken.

Schau, diesen Schmetterling hat mein Bruder für mich gefangen, als wir einmal bei der Familie in der Auvergne zu Besuch waren. Ein Schmetterling, eine Blüte ohne Stengel, der auf dänisch »Trauermantel« genannt wird.

Aber vor allem ein Schmetterling. Der Schmetterling ist leicht, und Du bekommst ihn, weil Du so schwer bist. Er ist so leicht und doch so beschwert durch seinen Namen, aber das weiß er nicht – der Trauermantel –, wenn er über die Ebenen der Auvergne flattert und jetzt bei Dir ist als liebevoller Gedanke von mir.

Delphine

21. Juli

Es ist spät, Jean Luc – Mitternacht, würde ich sagen –, und ich habe Lust, Deine Stimme dicht an meinem Ohr zu hören. Ich habe Lust, Dich anzurufen, aber ich weiß sehr wohl, daß ich das nicht kann – nicht darf und nicht soll. Und ich weiß auch nicht, ob ich die Worte finden würde, ob die Worte meinen Mund finden würden.

Es sind auch nicht Worte, die ich gern in den Mund nehmen würde. Ich habe Lust, meinen Mund und meine Zunge zu gebrauchen – aber nicht zum Sprechen.

Ich liege in meinem Bett, Jean Luc – und ich habe keine Lust zu schlafen. Schlafen kann ich nicht. Sprechen darf ich nicht. Und statt zu schreiben, würde ich Dich viel lieber mit meinen Händen anschauen, Dich mit meinen Augen streicheln, Deinem Körper Geschichten erzählen mit meiner Zunge ...

Anstatt Dir mit Worten zu sagen, daß ich heute nacht an Dich denke, würde ich Dich viel lieber meine Gedanken auf der Haut spüren lassen. Leicht wie die Samen von einem Löwenzahn, naß, wie nur eine Zunge naß sein kann.

Aber wie soll ich Dich wissen lassen, daß ich keine

Lust zu schreiben habe und viel lieber auf Deinen
Rücken zeichnen würde, wenn ich nicht schreibe?
   Du hörst bald wieder von mir, wenn mir die Worte
besser liegen, wenn mein Mund wieder sprechen
und meine Hand wieder schreiben kann.
   Bis dahin, nur soviel.

   Deine D.

31. Juli

Es gibt so viele Türme in Kopenhagen, wirklich,
Jean Luc!

Ich bin heute morgen sehr früh aufgewacht, mit
dem Bewußtsein der Türme als Rest eines Traums.
Und mußte lächeln beim Gedanken an Deine Überlegungen vor langer Zeit, was wohl Freud zum
Runden Turm gesagt hätte. Was hätte er wohl zu
meinem Turmtraum gesagt, der schon fast
entschwunden war?

Wenn ich aus dem Fenster blicke, kann ich vier der
vielen Türme der Stadt sehen: den Turm des Doms,
des Parlaments, den auf der Börse und noch einen
Kirchturm. Wenn ich an Paris denke, fällt mir nur der
Eiffelturm ein, und der kleine Turm auf der
Kirche Saint-Germain-des-Prés. Aber das kann nicht
stimmen; es muß ein Meer von Türmen geben.
Vielleicht habe ich sie nur nicht bemerkt, weil ich so
damit beschäftigt bin, Menschen und Geschäfte
anzusehen, wenn ich in Paris bin. Und dann bin ich
ganz wild darauf, mit der Metro zu fahren. Ganz
besessen. Der trockene, warme Schwefelgeruch, das
heisere Geräusch vor der Abfahrt; und ich kann
gar nicht genug staunen über die Untergrundkultur –
im wahrsten Sinn des Wortes –, die sich da unten

entfaltet: eine Jazzband, ein Mädchen, das Harfe spielt, ein Pantomime, einer, der Verlaine rezitiert, Bettler und Säufer und die Künstler, die mit Farbkreide die Kunstwerke der Welt auf dem Beton nachmalen. Manchmal läuft man genau so weit unter der Erde, wie man über der Erde gelaufen wäre. Aber ich bin, wie gesagt, ganz hingerissen von der Metro, deswegen fallen mir zu Paris auch keine Türme ein. Nun ja, es gibt den neuen Tour Montparnasse, aber das ist kein Turm, das ist nur ein Hochhaus.

Ich konnte nicht mehr schlafen. Und da die Pariser Metro so weit weg ist, lockten Kopenhagens Türme. Ganz in meiner Nähe ist der Kopenhagener Turm par excellence. Es ist ein Kirchturm, der sich um sich selbst dreht und in einer Goldkugel endet, er ist wie der nach außen gekehrte Runde Turm, denn im Runden Turm gibt es einen Schneckengang, der sich bis hinauf in die oberste Spitze des Observatoriums windet.

Ich wollte auf den Turm hinauf, aber es war noch früh am Morgen, es war erst halb sechs, und Kirche und Turm sind um diese Tageszeit geschlossen. Ich wollte nicht hinauf in den Turm, um über die Stadt zu schauen. Ich wollte mich in den Himmel schrauben, so wie ich mich in den Untergrund schraube, wenn ich die Metro nehme. Ich wollte hinauf in den hellblauen Sommerhimmel, hinauf in die Morgensonne.

Ich träume immer wieder, daß ich fliegen kann. Das sind die schönsten Träume. Am tollsten ist es, wenn ich zwischen den Stromleitungen durchfliege.

Es zieht im Bauch, und ich hoffe, daß es immer so weitergehen möge, und dann weiß ich auch schon genau, daß der Traum an Höhe verliert und bald aufhört. Wenn ich aufwache, bin ich glücklich über mein Flugerlebnis und traurig, aufgewacht zu sein. Ich habe keinen Körper, wenn ich fliege – auch keine Flügel. Meine Seele macht die Loopings, und ich habe keine Angst herunterzufallen. Angst kommt in den Flugträumen nicht vor.

Hinauf wollte ich. Hinauf in die Luft. Aber da das nicht möglich war, nahm ich mein Fahrrad und fuhr ans Meer, das auch nicht weit weg ist, und bin ins Wasser. Meer und Morgentau. Es war kalt und nicht ganz wie Fliegen, aber es schmeckte doch ein bißchen nach Vogel.

Auf dem Heimweg habe ich frische Brötchen gekauft, und jetzt sitze ich am Tisch vor meinem Fenster, blicke über die Türme der Stadt und schreibe Dir. Muß ich Dir schreiben, wie gerne ich die Türme zusammen mit Dir besteigen würde? Ist es nötig zu erzählen, wie gerne ich mit Dir radfahren, fliegen und schwimmen würde – gar nicht davon zu reden, wie gerne ich mit Dir frühstücken würde, hier an meinem Fenster mit der Aussicht auf vier Türme dieser Stadt!

Viele liebe Samstagmorgengrüße von
Delphine – die sich fühlt wie ein
Pfefferminzbonbon

20. August

Das Schweigen ist massiv. Ich schneide mich mit einem Schneidbrenner hindurch. Das Schweigen zwischen uns ist Zeit; die Zeit, die vergeht. Ich habe mehr als vier Wochen nichts von Dir gehört. Das Schweigen macht mich unruhig und rastlos. Mein Brustkorb öffnet sich in Deine Richtung, und das tut weh. Wie kleine Flammen – Teufelszungen – brennt die Sehnsucht durch meine Haut und greift nach Dir. Das tut weh. Ich bin außer mir. Diesen Ausdruck habe ich nie verstanden – bis jetzt. Meine Energie, meine Kraft, meine Gedanken sind außerhalb von mir. Meine Aufmerksamkeit wendet sich von mir ab, greift nach Dir.

An Dich zu denken, ist eine Lust und ein Fluch. Und ich denke: »Ich vergeude meine Zeit mit meiner Sehnsucht«, oder: »Sehnt man sich am meisten nach dem Unmöglichen und Unerreichbaren?« Aber ich denke auch: »Ihn nicht zu haben und das, was er mit mir macht, wäre ein Verlust.«

Und ich denke die Wörter SEHNSUCHT und VERMISSEN. Ist es nicht so, daß man jemanden oder etwas vermißt, das man kennt und das dann nicht da ist? Während man sich nach etwas sehnt, das man nicht kennt? Vermissen hat mit Besitz zu tun, während Sehnsucht offener und weniger klar abgegrenzt ist. Bewegt die Sehnsucht sich vielleicht ständig, wie ein Regenbogen? Ich sehne mich nach Dir.

Von meiner Großmutter habe ich ein altes französisches Barometer bekommen. Es hängt über meinem Schreibtisch, und egal, wieviel Wasser die Lastwagen aus den Rinnsteinen auf die Bürgersteige spritzen oder wie sehr die Sonne auf die Stadt brennt, die Nadel steht immer auf »variable«. Nun ist es ja so mit Barometern, daß man sie weder aufziehen muß, noch können sie stehenbleiben, es muß also richtig gehen. Man muß nur draufklopfen. Ich klopfe also drauf und sehe, wie die Nadel sich ein bißchen zur einen oder anderen Seite des Veränderlichen bewegt, und ich denke darüber nach, ob das Barometer wohl *meinen* Zustand anzeigt. Ich bin in diesem Vakuum unbeständig und wechselhaft, mit einem Brief von Dir, Jean Luc, würde die Nadel zu »Très beau« hinaufschnellen.

Jetzt wie zuvor – in Sturm und Windstille – Deine Delphine

Liebe Delphine.

Sitze im alten Hafen in Cannes. Es ist früh am Morgen, und die Luft ist hier am Rande noch kühl. Warte drauf, daß eines der Cafés geöffnet wird, damit ich meinen Morgenkaffee trinken kann, und ich denke an Deine Briefe, die ich nicht bei mir habe, die ich aber in meinem Bewußtsein mit mir trage. Wenn ich einen Brief von Dir bekomme, kann ich fast nie abwarten, ihn zu lesen, bis ich zu Hause bin, sondern mache ihn schon auf dem Nachhauseweg auf, ich reiße den Umschlag auf wie ein kleiner Junge seine Bonbontüte. Und wenn ich einen Brief von Dir das erste Mal lese, ist es, als sähe ich den ganzen Brief auf einmal (ohne mich daran zu verschlucken), ich höre sofort den Ton des Briefs. Dann lese ich ihn noch einmal Wort für Wort, und sei versichert, Deine Briefe freuen mich sehr, und sei außerdem versichert, auch ich bin voller Sehnsucht, aber nun hör mal zu:

Liebe Frau, Du darfst nicht *erwarten*, einen Brief von mir zu bekommen, sobald Du selbst einen aufgegeben hast. Erwarte nicht, daß ich genau so oft schreibe wie Du. Erwartung tötet alles. Etwas für selbstverständlich nehmen ist das Allergefährlichste.

Du mußt leider lernen, nichts zu erwarten, sondern zu warten.

Ich kenne die Sehnsucht. Sie hat mich mein ganzes Leben begleitet und ist manchmal so stark gewesen, daß es weh getan hat. Und hin und wieder hat sie mich so nahe an das gebracht, wonach ich mich sehnte, daß ich für Momente der Illusion erlag, eines Tages ans Ziel kommen zu können. Das kann man natürlich nicht, aber die Sehnsucht bewegt mich immer noch näher auf das Zentrum des Lebens, des Orkans, auf mein eigenes Zentrum zu.

Irgendwo in der Nähe werden die Metallrolläden hochgezogen, das heißt, eines der Cafés macht auf. Die Ketten um die Stuhlbeine werden abgenommen. Ich höre es rasseln wie bei einem Gefangenentransport. Jetzt bekomme ich endlich meinen Kaffee und die heutige Schlagzeile in Le Monde über den Tod von Mao. Ich hatte geglaubt, sie würden ihn und sein ganzes Wesen sicher noch bis zur Jahrtausendwende künstlich am Leben halten. Und es gibt schon Krach da unten auf der anderen Seite der Erde, sehe ich flüchtig weiter drinnen in der Zeitung. Aber ich will lieber Dir schreiben als Zeitung lesen.

Wie du geschrieben hast, mit der Sehnsucht ist es wie mit dem Regenbogen, beide bewegen sich ständig. Gerade jetzt bist Du meine Sehnsucht, und Deine Sehnsucht trägt meinen Namen. Gibt es Menschen, die ihre Sehnsucht zufriedenstellen und aufheben können? Und wollen wir das wirklich? Wünschen wir uns das Ende der Sehnsucht?

Die Sehnsucht ist eine Kraft in unserem Leben – eine Urkraft, durch die wir wachsen und uns verändern. Wir sehnen uns nach Anerkennung, nach Ruhm, Liebe, wir sehnen uns nach Sicherheit und Chaos; und wir sehnen uns nach uns selbst. Sehnsucht, Wünsche, Begehren – ständig diese Unruhe im Körper, die erst aufhört, wenn wir sterben.

Erwarte nicht, Delphine, daß die Sehnsucht aufhört, weil Du einen Brief von mir bekommst, Du liest ihn begierig, so wie ich Deine Briefe lese. Aber kaum hast Du den abschließenden Gruß gelesen, meldet sich schon wieder die Unruhe mit einem neuen Zirkelschlag. Am reizvollsten und belebendsten ist der Bewußtseinszustand, wenn man in seinem Begehren ruht.

Delphine – eins sollst Du wissen: Wenn ich zwischendurch schweige, dann nicht, weil ich es nicht liebe, von Dir zu hören, schreib, soviel Du Lust hast, schreib an

Jean Luc, der übt, in seinem Begehren zu ruhen

17. Oktober

Jean Luc – ich habe mit dem Schreiben dieses Briefes gewartet, bis ich fast geplatzt bin. Um meine Geduldsnerven zu trainieren. Danke für Deinen langen Brief. Ich habe ihn immer wieder gelesen, jedes Wort in den Mund genommen und daran gelutscht, bis die Tinte herausgelaufen ist ... schön, wie Du Selbstgespräche führst und mich dem Gemurmel lauschen läßt ... schön, mit Dir zusammen zu warten ... schön, mit Dir zusammen auf Deinen morgendlichen Kaffee im vieux port von Cannes zu warten. Ich kann Dich vor meinem inneren Auge sehen, das Gesicht der Morgensonne zugewandt, den Kragen hochgeschlagen gegen die Kühle im Hintergrund. Ich kann Deine Hand auf dem mattglänzenden, runden Cafétisch sehen. Ich bin noch nie in Cannes gewesen, doch Du hast mir den Ort jetzt geschenkt.

Orte in der Welt können so sinnlich sein wie Orte auf dem Körper. Die Erinnerung an ein bestimmtes Viertel in einer fernen Stadt erfüllt mich mit der gleichen Wehmut und – ja, mit dem gleichen Glück wie die Erinnerung an eine Hand, die meinen Körper berührt. Und plötzlich weiß ich nicht mehr, wonach mich mehr verlangt: Meine Zunge langsam Deinen

Unteram hinaufgleiten zu lassen und dabei den Geschmack Deines Pulses zu erforschen oder im Café Brasileira in Lissabon zu sitzen. Am liebsten würde ich natürlich mit Dir dort sitzen. Drinnen ist es – dank des großen Ventilators an der Decke, der die Luft durchrührt – ein bißchen kühler als draußen. Wir trinken heißen, schwarzen Kaffee, und weil der viel heißer ist als die 32 Grad im Schatten, fühlt sich die Luft noch kühler an. Das Geräusch des Ventilators, die leisen Gespräche, Spiegel voll der Illusion von Ewigkeit – Dein Blick auf mir und unser Schweigen einander gegenüber im Café Brasileira in Lissabon.

Ich sehne mich danach, meine Hand Deinen Hals entlanggleiten zu lassen, an meinem Zeigefinger zu lecken und eine feuchte Spur dein Schlüsselbein entlang zum Adamsapfel zu zeichnen. Er macht Deine Stimme tief und Deinen Hals verletzbar. Wenn ich den Apfel sehe, muß ich an Dein Szepter denken. Ein Gewalttäter ist dort oben so verwundbar wie im Schritt, die liebende Frau jedoch träumt nur davon, mit ihrer Zunge an einer der beiden Stellen zu sein. Hätte sie doch nur zwei Zungen! Aber ich sehne mich auch nach der Karlsbrücke in Prag. Am liebsten würde ich mit Dir Hand in Hand hinüber zum Hradschin gehen. An einem Sommerabend, wenn andere Menschen das gleiche tun wie wir; verliebt über die Brücke gehen. Ein paar junge Menschen singen, es scheint eine samtweiche intereuropäische Nacht zu werden, und während wir uns anschauen – Du und ich – beginnt die schnellste Ingenieursarbeit der Welt, der Bau einer Brücke zwischen uns.

Dein Adamsapfel und die Karlsbrücke: zwei Orte auf der Welt, an die zu reisen ich mich sehne.
Hätte ich doch nur zwei Körper!
Wonach sehne ich mich mehr? Nach Deiner Achselhöhle oder Bramantes Tempietto in Rom? Ich kann mich wirklich kaum entscheiden.
Deine Achselhöhle, die manchmal nach Moschus duftet, manchmal nach Seife, Deine Achselhöhle würde ich gerne kennenlernen, genauso gerne wie ich in den winzigen, geheimnisvollen Kirchenraum treten würde, so klein und versteckt wie die Peterskirche groß und exponiert ist. Der Tempietto drängt sich in unser Bewußtsein, brennt sich auf die Netzhaut der Seele, so klein und vollendet und verfallen er auch ist, und wir zünden eine Kerze an – eine kleine Kerze, kleiner als die Flamme, eine Kerze für uns beide.
Bramantes Tempietto oder Deine Achselhöhle. *Muß* ich wählen? Habe ich nicht zwei Wünsche frei?
Die Farbe Deiner Lippen verrät die Farbe Deiner Brustwarzen. Sind sie wohl rosa oder eher bräunlich? Zieht die Farbe sich zusammen und wird konzentrierter, wenn ich eine Deiner Brustwarzen mit meiner Zunge berühre? Gibt es ein inneres Transportsystem der Wollust von der Brustwarze zum Schwanz, wie zwischen Busen und Möse? Ich würde das gerne herausfinden, ebenso wie ich mich gerne in Venedigs fein verzweigtem Adernetz verirren würde. Kommst Du mit? Wir gehen eine schmale Gasse hinunter, die sich dann teilt. Rechts oder links? Links riecht es nach der Wäsche über uns und nach dem grünlichen Algenbelag an den Mauern. Es war gut, die linke Gasse zu wählen, sie mündet auf eine kleine Brücke.

Aber die kleine Brücke führt nur zu einem Privateingang. Wir haben dennoch Glück, denn jetzt können wir mit der Sonne im Rücken auf der Brücke stehen. Du berührst meinen Hals mit Deiner Zunge, die Luft ist gelb und rosa und grünlich, irgendwo in der Nähe weint ein Kind, es ist so sehr Venedig, daß man es nur mit sich selbst vergleichen kann. Ich weiß nicht, ob ich es wage, mich von Dir küssen zu lassen. Ich glaube es nicht, aber vielleicht berührt mein Finger Deine Brustwarze, ich spüre, wie sie sich unter dem dünnen Baumwollhemd zusammenzieht. Der Ort gehört uns – es wird für immer unsere Brücke sein.

Dein Unterarm oder Café Brasileira. Dein Adamsapfel oder die Karlsbrücke. Bramantes Tempietto oder Deine Achselhöhle. Eine namenlose Brücke in Venedig oder Deine Brustwarze. Keiner dieser Orte wird mehr wie früher sein – nach unserem Treffen.

Der Körper ist eine Landkarte.

Orte haben eine eigene Anatomie.

   Liebste Grüße von der
   wankelmütigen Delphine

Delphine – liebe Reiseführerin, schöne Traumreiseverführerin.

    Ich bin ein paar Tage in Rom. Werde Bramantes Tempietto nicht aufsuchen. Ich habe das Gefühl, daß wir zusammen dort waren – ein Schweißtropfen läuft aus meiner Achselhöhle.

JL

PS: Habe es nicht geschafft, die Karte in Italien aufzugeben – jetzt wird sie statt dessen von zu Hause abgeschickt.

Liebe Delphine,

in Rom habe ich überall nur Frauen gesehen. Rom ist in Wirklichkeit die Stadt der Frauen. Nein, werde nicht eifersüchtig, denn jedesmal, wenn ich auf der Straße oder in einem Restaurant eine schöne Frau sah, jedesmal, wenn ich einen weiblichen Duft vernahm, dachte ich: »Ist sie das?« Und in den Museen und Kirchen: Ich habe nur Frauen gesehen, habe nur an Dich gedacht.

Ich habe die Frauen von Lucas Cranach und Botticelli gesehen, die alle lang sind. Sie sind langgliedrig und haben den typischen Renaissance-Kuppel-Frauen-Bauch. Diese Frauen haben immer honigfarbene Haare, kleine Brüste und die Zehen stehen auseinander. Sie haben etwas Schwanenhaftes.

Mit Tizian werden die Frauen ein wenig kürzer, breiter und bekommen mehr Dellen. Die Haut hat jetzt die bläuliche Farbe von Magermilch, sie werden birnenförmig, wirklich. Die Knie werden häßlich, fast als ob in jedem Knie ein Schädel wäre. Bei Rembrandt und Rubens wird es ganz verrückt mit den Knien; aber das ist auch klar, wenn man bedenkt, welche Mengen von blaurotem, wabbeligem Fleisch die Beine tragen müssen. Als Mann würde man in so einer Frau verschwinden – ich weiß, daß es Männer gibt, die von nichts anderem träumen als von diesem Ur-Wabbel.

Bitte beachte – Delphine – ich spreche hier nicht von den *malerischen* Qualitäten. Denn niemand kann wie Rembrandt um eine Gestalt herummalen und sie im Raum plazieren: Das Weiße gegen das Dunkle, die Übergänge von Blau zu Weiß zu Gelb, und dann das Braun, das Krapplack-Schwarz, das die Gestalt hervorhebt und stillhält. Und niemand kann Fleisch malen wie Rubens, niemand kann wie er die Farbe so auftragen, daß man die Hauttemperatur spürt: Die kühle Haut an den Oberarmen, die Wärme des Schoßes und an den Innenseiten der Schenkel. Niemand kann wie Rubens die Rundung der Glieder malen: Niemals vor ihm hat Frauenfleisch so gebebt, in fein abgestimmten Farbschattierungen.

Nein, ich spreche nicht von den malerischen Qualitäten, das wäre ein ganz anderer Brief. Ich spreche davon, wie ich die Frauen in der Kunst sehe, während ich immer noch Dich in meinen Gedanken habe, wie auf einem Stück Pergamentpapier, das ich mir vor die Augen halte.

Nein, ich ertrage es nicht, die Zehen der Rubens-Frauen anzuschauen! Mein Gott, sie sehen aus wie verkümmerte Baumwurzeln oder amorphe Muscheln. Aber wir nähern uns ja mit raschen Schritten dem Barock, wo die Muschel so häufig verwendet wurde. Alles, vom Taufbecken bis zum Grabmal wurde wie Muscheln geformt oder mit ihnen verziert. Es ist zwar nicht so, daß Rubens sich gesagt hätte: So, nun ist es soweit, jetzt haben wir Barock, jetzt müssen wir Muscheln malen, es ist nur so merkwürdig, wie die Zeit unseren Blick formt.

Ich bin in Rom umhergegangen und habe überlegt, welchen Ort *ich* gerne zu unserem machen würde. Und ich glaube – gleich nach dem Tempietto, den Du ja schon zu unserer Kirche gemacht hast – es müßte Santa Maria della Vittoria sein. Hier liegt *die Frau* der europäischen Kunstgeschichte wie hingegossen. Vielleicht überwältigt mich – abgesehen davon, daß es eine überwältigende Bildhauerarbeit ist – das Paradox: so sinnlich, so erotisch, und das in einer katholischen Kirche! Ich spreche natürlich von der heiligen Theresa von Bernini. Man sieht nur ihr Gesicht, zwei Hände und zwei Füße, der übrige Körper ist in den Falten ihrer Nonnentracht verborgen. Und doch – was heißt hier verborgen! Du spürst den ganzen Körper in Bewegung. Es ist, als ob Bernini zuerst den Körper ausgehauen und ihn dann mit diesem dicken und dabei fast transparenten Stoff drapiert hat. Wir sehen eine Nonne, die eine Offenbarung von Gott bekommt. Aber schau sie nur an: Schau den lüsternen Engel an, der ihr Kleid ergriffen hat und der ihr Herz mit einem goldenen Pfeil durchbohren will. Doch was heißt hier Herz – folge der Richtung des Pfeils! Und was heißt hier Nonne, schau der Frau doch nur ins Gesicht! Einerseits so zurückhaltend und andererseits so völlig hingegeben. Ich sehe sowohl das nach innen Gekehrte als auch das Explosive, Sie bietet sich nicht dar, aber sie gibt sich hin. Sie ist in sich verschlossen, und gleichzeitig strahlt sie.

Jetzt kann ich allmählich die Frauen der Renaissance und des Barock und des Manierismus verlassen. Ich betrachte die Frauen des Rokoko – oder besser die Damen, denn das sind sie: kleine, aufgeputzte, hellrote Damen mit so kleinen Füßen wie bei den Chinesinnen, die sie damals auf der anderen Seite der Erde einschnürten. Die Rokokodamen sind so zierlich und schmuck, sie sind es nicht wert, sich mit ihnen zu beschäftigen. Nicht weil Goya die Maya mit oder ohne Kleider gemalt hat. Er ist ein Schlitzohr – dieser Goya: Er macht das, was jeder Mann tut, wenn er allein in einer Bar oder im Zug sitzt: Er zieht sie aus. Aber das unanständigere Bild ist lustigerweise das der angezogenen Maya. Studiere ihren Blick – ihren aufreizenden Blick. Und dann sieh Dir ihre Augen auf dem Nacktbild an. Jetzt ist sie nicht mehr gefährlich – sie ist befriedigt, nicht mehr verführerisch. Sie gehört dem Maler. Er hat sie erobert, sie gehört ihm, der Blick sagt alles. Obwohl sie nackt ist, ist sie für mich nicht mehr erreichbar.

Kleine Mädchen lieben Anziehpuppen, Anziehpuppen aus Pappe, deren Kleider man befestigt, indem man die weißen Laschen umbiegt. Und die Jungen fangen irgendwann alle an, Frauen auszuziehen – die Frauen auf der Straße, im Bus, im Kino, bevor das Licht ausgeht, die Filmstars, wenn das Licht aus ist. Die Tochter des Autohändlers – die mit den großen Augen und Brüsten. Das Mädchen in der Bäckerei, die mit dem runden Po, wenn sie sich umdreht, um an die Brote auf dem obersten Regal zu gelangen, und die junge Bibliothekarin, die Neue, die garantiert wahnsinnig sexy ist, wenn sie erst mal die Brille absetzt ... Sie werden tagsüber ausgezogen, nachts und halb in den Träumen. Eine Zeitlang werden alle schönen Frauen die Ausziehpuppen eines jungen Mannes. Die Mädchen können die Maya anziehen, die Männer können sie ausziehen. Das ist ziemlich schlau gewesen von Goya. Und wir machen weiter, eine Generation nach der anderen, wir ziehen sie aus und ziehen sie an, an und aus.

Dann passiert etwas in der Kunstgeschichte. Mit einemmal wachsen sie ein bißchen – die Frauen – die Arme und Beine werden länger, der Hals wieder ein bißchen schwanenartig, oder vielleicht ist es nur die Art und Weise, wie sie sich hingießen, was sie so groß und schlank wirken läßt. Immer diese auffälligen Chaiselongues. Madame Récamier und Paolina Borghese, schau nur, wie sie sich schlängeln, aber schau auch, wie wenig Süße und Hingabe in ihrer Haltung und ihrem Blick ist!

Die Frauen von Ingres langweilen mich: glatt wie Marmor, und doch wissen wir von Bernini, wieviel Feuer in Marmor stecken kann, was sollen mir also diese kühlen Frauen, sie sind Öl auf Leinwand, werden nie Fleisch und Blut, nie etwas anderes als ein Ideal, eine Idee, das langweilt mich.

Und dann Olympia, von Manet gemalt. Sie ist natürlich wunderschön, aber er hat auch gewußt, was er macht – der arme Schlucker –, indem er sie rothaarig und weißhäutig hinlegt, die eine Hand so pikant plaziert – der aufreizende Blick, alles so hell als Kontrast zu der Negerin hinter ihr – voll angezogen natürlich. Ja, ja.

Langweile ich Dich, Delphine? Hast Du keine Lust mehr, mit mir durchs Museum zu gehen? Rede ich zuviel? Wir sind gleich fertig, wir kommen jetzt nämlich zu Renoir, der mehr als nur den Anfangsbuchstaben mit Rubens gemeinsam hat. Renoir repräsentiert die Rückkehr zu den üppigen Frauen, und eigentlich gibt es bis Modigliani – und vielleicht auch nach ihm – keine Frauen (in der Malerei also) mehr, die es wert sind, angeschaut zu werden. Modigliani vereint das Beste von Botticelli, Bernini, Goya und Manet, finde ich. Seine Frauen (oder ist es nicht immer das gleiche Modell?) sind langgliedrig und selbstbewußt. Sie wissen, daß sie einen schönen Körper haben und daß er Begehren hervorruft, und sie können sich gleichzeitig hingeben, ihr Blick wird dunkel. Wenn wir von Öl auf Leinwand reden, mag ich am liebsten Modiglianis Frauen. Daß man sie auf Plakaten, Federmäppchen und T-Shirts so ordinär vulgarisiert und daß sie von den Möchtegern-Künstlern auf 'dem Montmartre für die Touristen nachgeahmt werden, das ist nicht Modiglianis Schuld. Es zeigt eigentlich nur, wie genau er ins Schwarze getroffen hat und wie schön sie sind, seine Frauen. Sieh doch nur mal, *wie* geheimnisvoll Mona Lisas Lächeln eigentlich ist – sieh Dir das Original an und vergiß alle Vorurteile und alle Souvenirs (in der Rue Rivoli habe ich sogar eine aufblasbare Mona Lisa mit einem Ventil an der Seite gesehen). Vergiß alle Schlüsselringe, Kugelschreiber und Tischsets, vergiß, daß Du zu wissen glaubst, wie das Bild aussieht, Leonardo ist unschuldig. Er hat nur eine Ader geöffnet, eine Quelle, die immer noch fließt.

Ich mag am liebsten Modiglianis Frauen, habe ich auf der vorhergehenden Seite geschrieben. Und doch denke ich: Wenn ich Dich malen würde – vorausgesetzt ich würde naturalistisch malen – würde ich Dich dann so nackt, so ausgeliefert malen? Ich sehe Dich vor mir in einer angespannten Ruhe, die Arme unter dem Kopf. Die Augen verschließen Deine Träume. Um Deinen Körper ist ein Seidenstoff drapiert, der weder grün noch rot, noch braun ist, er hat alle drei Farben auf einmal, je nach Licht und Schatten unter Deinem Atem. Und er ist über Deine eine Schulter geglitten – der Stoff. Die Nacktheit und Weißheit Deiner Schulter verrät etwas über die Weißheit und Nacktheit Deines Körpers, verborgen hinter dem Stoff, der sich an Deinen ausgestreckten Körper schmiegt und die Konturen hervorhebt. Die Seide läßt mich Deine Brüste erahnen, Deinen Bauch und Deine Hüften, und um Deinen Schoß wird es dunkel. Deine Schenkel, Knie und Waden sind nicht zu sehen. Aber die Füße will ich sehen, sonst siehst Du aus wie eine Tote. Ist Dir klar, wie sinnlich Deine Füße sind, und wie gerne ich sie malen würde?

Ich muß an den Film »La peau douce« denken, in dem die männliche Hauptfigur eine Stewardess beobachtet, die hinter einem Vorhang andere Schuhe anzieht: Der eine hochhackige Schuh ist umgefallen. Und mit einer Bewegung, die nur einem schlanken Frauenfuß in Seidenstrümpfen möglich ist, schlüpft sie elegant in den Schuh. Man sieht

in dieser kleinen Pantomime hinter dem Vorhang
nur Füße und Knöchel – und dann wird die Trägerin
der Schuhe die weibliche Hauptfigur des Films,
versteht sich.

Dieser ganze lange Brief, Delphine – nur um
Dir zu sagen, daß ich die ganze Zeit an Dich denke –
Du meine verborgene und begehrte Freundin.

Jean Luc

10. November

Lieber Jean Luc – die Zellen in meinem Körper jucken. Alle Zellen jucken: die Zellen der Haut, der Schleimhäute und im Gehirn. Ich könnte aus der Haut fahren, wie es so schön heißt. So sehr juckt es. Und ich glaube nicht, daß es aufhört, ehe ich nicht daliege, ausgestreckt, die Hände unter dem Kopf – oder auf dem Kopf? Wie heißt es? Ich glaube nicht, daß es mir wieder gutgeht, ehe ich nicht Dein Modell werde!

Danke für den wunderbaren Brief. Es ist lustig, Jean Luc, aber mir fällt kein einziger Mann in der Malerei ein, der mich reizen würde. Ich denke an die Kraft im Pinselstrich, die Konzentration in der Farbfülle, die Intensität und Ausdauer und Durcharbeitung in Licht und Schatten. Mit Lust erfüllen kann mich eine Komposition, ein Schnitt, das Krumme und das Gerade, das Abheben der Farbe vom Untergrund. *Hier* entfaltet sich das ganze männliche Universum – nicht im Motiv, sondern in der Art und Weise. Ein Corot-Bild, das langsam im Dunkel verschwindet; Rembrandts Bilder. Ja, gerade die malerischen Qualitäten, von denen Du sprichst, um die Du jedoch einen Bogen machst. Die Art zu malen in Rembrandts späten Bildern. Das Abstrakte im Figurativen. So viel Resonanzboden im Bass.

Oh, eigentlich habe ich keine Lust, über Bilder zu sprechen. Eigentlich ertrage ich es nicht, hier zu sitzen und Dir zu schreiben, wo die Zellen doch so jucken. Ich sehne mich – Jean Luc – danach, mit Dir zusammen im Dunkeln zu schweigen. Wann wird das sein?

Kann es nicht bald sein?

Leide nur ich unter dem ewigen Warten auf Briefe? Ich sehne mich einfach so schrecklich nach Dir und habe jetzt schon Lust, noch einen Brief zu schreiben, wie ein Kettenraucher, der sich nach dem Rauchen sehnt, während er eine Zigarette zwischen den Zähnen hat. Und ich sehne mich auch danach, wieder Briefe von Dir zu bekommen, und gleichzeitig halte ich es nicht aus, mich danach zu sehnen. Schreib – nein, schreib lieber nicht. Schick ein Telegramm mit irgendeinem Ort auf der Welt und einem Datum. Die Uhrzeit ist egal, ich warte, bis Du kommst …

D.

17. November

Lieber Jean Luc,

– es war schon Morgen, als ich heute nacht ins Bett kam. Man sieht sowieso keinen Unterschied zwischen Abend, Nacht und Morgen, es ist immer dunkel; auch als der Wecker klingelte, denn ich hatte nur zweieinhalb Stunden geschlafen. Deshalb war der ganze Tag wie elektrisch geladen. Der Film, den ich gestern abend sah und die nachfolgenden Gespräche, Diskussionen samt Rotwein waren noch lange nicht verflogen, sie steckten noch in mir wie überempfindliche Energie, eigentlich nicht unangenehm, nur sehr ungewohnt.
 Frühstück gab es keines, und ich kam drei Minuten zu spät zu einer Verabredung. Die anfängliche falsche gute Laune ist allmählich verschwunden, verdrängt von trockener Heizungswärme und saurem Kaffee. Die Haut prickelt, und die Wangen brennen. Die Menschen, mit denen ich verabredet bin, sprechen, das kann ich sehen. Ihre Münder bewegen sich, die Worte dringen zu mir wie durch einen Filter aus Glaswolle. Zwischendurch gibt es trockene Flecken von Gewöhnlichkeit. Säurefrei. pH-neutral. Ich antworte und schreibe mit. Wenn diese

Zusammenkunft nicht bald zu Ende geht, falle ich
vom Stuhl. Aus. Hinaus an die Luft. Ich stehe auf
dem H. C. Andersen-Boulevard, an dem ist nicht viel
Märchenhaftes. Der arme Andersen, denke ich.
Hyperempfindlich war er. Immer. Vielleicht hat er
jede Nacht nur zweieinhalb Stunden geschlafen. Die
Schneeflocken stechen wie kleine Nadeln. Von der
Feuerwache hinter Andersens Statue rücken
Fahrzeuge aus, Sirenen – wie Stromstöße. Schiebe das
Fahrrad durch den Schneematsch, irgendwo
entstehen Gedanken, die stoßweise in der Zentrale
des Kopfes ankommen. Das Wort »Fakir« kommt an,
gefolgt von einem flatternden Schwarm von
F-Wörtern, die im Französischen anders anfangen. Ich
habe einen Bienenschwarm im Kopf. Gehe am
Rathaus vorbei, wo gerade ein frisch verheiratetes
Paar herauskommt – Schneeflocken und Reis und ein
piekfeines Auto mit Konservenbüchsen an einer
Schnur erschrecken mich zu Tode. Heim. Ich will
heim. Und trotzdem gehen meine Füße in die
entgegengesetzte Richtung. Schlafwandlerisch gehe
ich in die kleinsten Gassen der Stadt. Hier hat ein
neues Café aufgemacht, das erste, das ganz
offensichtlich das Transplantat eines französischen
Cafés ist: rote Plastiksofas, Bar und Tische aus Metall,
Gläser, die in Reih und Glied über der Bar hängen,
damit man sie sofort herunterholen kann; ich bestelle
eine warme Milch mit Rum. Ich lasse mich fallen.
Der Atem mischt sich mit der Milch im Bauch. Der
Rum steigt mir zu Kopf und streichelt mich *mit* dem
Strich. Wenn ich noch ein Glas bestelle, werde ich
betrunken, und es ist noch nicht mal Nachmittag; ich

möchte gerne rund, aber nicht betrunken sein, jetzt nicht. Rund und leicht schwebe ich nach Hause, wo mir wieder die Hautlosigkeit und meine falsche gute Laune vom Morgen einfallen.

Rund und leicht schreibe ich an Dich, ich freue mich auf meinen Abendtee und gehe früh ins Bett.

Deine D.
Die schon süß schlafen soll

26. November

… während ich auf Post von Dir warte – ob ich wohl noch jemals Post von Dir bekommen werde? Der Gedanke macht mich schwindelig vor Angst. Laß es mich dennoch sagen, Jean Luc: Während ich auf Post von Dir warte, vertreibe ich mir die Zeit damit, an Dich zu denken … Und nein, Jean Luc: Ich bin nicht im Savoy Hotel in Malmö. Aber das Briefpapier lag sicher einmal auf einem Mahagonischreibtisch im Savoy, Malmö. Und dann lag es, ich weiß nicht wie viele Jahre, in einem Buch, das ich gerade in einem Antiquariat gekauft habe. – Leider bin ich nicht im Savoy Hotel, Malmö – und dennoch, Schweden wäre nicht das Verlockendste daran. Wir könnten uns, einfach zum Spaß, vorstellen, daß Du eine Ausstellung in Malmö hättest. Und wir könnten uns vorstellen, daß die Galerie ein Zimmer für Dich reserviert hätte – im Savoy – zum Beispiel im Mai. Und auf einmal wäre das Savoy Hotel sehr interessant. Auf einmal wäre es eine sehr exotische Reise, das kleine Stückchen Meer in mein Nachbarland zu überqueren, plötzlich würde ich sehen, wie anders die Architektur dort drüben ist, und ich würde die Sprache hören, so verwandt dem Dänischen und doch so anders.

Ich bin in einem fremden Land – so fremd,
daß ich nach dem Weg ins Savoy fragen muß. Ich
fühle mich weit weg von zu Hause, obwohl es
in Wirklichkeit nicht einmal zehn Kilometer bis nach
Kopenhagen hinüber sind. Ich trete ein durch die
Schwingtür mit dem polierten Messinggriff, der wie
ein längliches S geformt ist. Die Empfangsdame
antwortet mir auf meine Frage, doch, Monsieur ist
angekommen, er wartet im Restaurant. Und da
bist Du – so schön, wie ich weiß, daß Du bist,
so sehr Du, so sehr Mann. Du erhebst Dich aus dem
Sessel des Restaurants, Du empfängst mich dort,
im Savoy in Malmö. Wir küssen uns, im Stehen, zwischen wartenden und essenden Gästen. Wir küssen
uns leicht, fast nicht auf den Mund, wir wissen,
daß wir das besser woanders, nicht weit entfernt
tun können.

»... Nein, ich habe keinen Hunger – nur Durst. Am
liebsten Wasser – kaltes. Aber Jean Luc, ich würde
es am allerliebsten aus deinem Mund trinken ... nein,
nicht hier, sieh mich nicht so an! Hast Du Hunger?«

»Auf nichts, das ich hier bekommen könnte«,
sagt Du.

Oh, wie würde ich mir wünschen, daß Du
genau das sagtest – auf *nichts, das ich hier bekommen
könnte* ...

Du nimmst meinen sehr kleinen Koffer und trägst
ihn hinauf in Dein Zimmer. Wie viele Stockwerke
es wohl im Savoy gibt? Ich würde mir wünschen, daß
Dein Zimmer ganz oben wäre. Sagen wir, im vierten
Stock, ich glaube, es ist ein altes, vornehmes Hotel,
und die haben höchstens vier Stockwerke; breite Flure

mit dicken Teppichen, die jeden Schritt schlucken.
Es ist weit von Zimmertür zu Zimmertür, dazwischen
finden sich elegante schwedische Lampen, kegelförmige Glaskästen, die wie Kutschenlaternen
aussehen. Wir kommen in Dein Zimmer – Nummer
412 – ist es auch meins? Nein – offenbar nicht.
Aber eine Geheimtür, eine Tapetentür führt in ein
anderes Zimmer. Was sind sie doch intelligent, hier
im Savoy Hotel, Malmö! Dieses Geheimzimmer,
das mit dicker Seide tapeziert ist und in dem ein
großes Bett auf hohen Beinen steht, hat kein Fenster.
Es gibt jede Menge Kissen mit gestickten, weißen
Bezügen und Stapel von weißen Handtüchern. Das
Badezimmer ist groß, ein bißchen altmodisch und mit
hohen Spiegeln in goldbronzierten Rahmen. Hier
wird mich bestimmt niemand seufzen hören, wenn
Du mich küßt, oder schreien, wenn Du mich beißt,
Stöhnen, wenn Du in mich eindringst. Niemand wird
hören können, was wir sagen. Und dennoch flüstern wir, als wir Nummer 412 a betreten. Niemand
auf der ganzen Welt – außer mir – kann Deine
Stimme hören, wenn Du mich bittest, meinen Rock
auszuziehen. Selbst in einem nicht abgedämmten
Zimmer würde nur ich Deine Stimme in meinem Ohr
hören:

»Zieh mein Hemd aus, Delphine. Mach meine
Hose auf!«

Du bist jetzt nackt, ich bin beinahe nackt, und
niemand auf der ganzen Welt außer mir – Du hörst
Dir ja nicht zu – kann Deine Stimme hören, die mich
bittet, weiterzumachen, wenn ich Deine Schenkel
lecke, Deine Kugeln, Deinen Schwanz, wenn ich

meine Zunge in Dein Loch stecke. Hier sind nur Du und ich: Schwanz und Möse.

Ich gehorche Dir und mache langsam weiter, bis ich fast hinter meinen Augenlidern verschwinde. Du drehst mich um, so daß ich unter Dir liege. Wie klar, *wie* überaus einleuchtend, als ob mein ganzes Leben nur der Auftakt dazu gewesen wäre, hier unter Dir zu liegen. Es gibt nichts, was Du nicht sehen dürftest.

Du berührst mich fast nicht. Nur Deine Hüfte berührt ganz leicht meine, und ich spüre Deinen Puls, den Puls in der Leiste. Dein Puls wird zu meinem. Du berührst mich fast nicht. Das Beben, die Stille, wir atmen kaum, es öffnet sich unter uns, über uns, Du schaust mir in die Seele – Jean Luc ... Du darfst nicht sterben. Du darfst nicht sterben, Jean Luc. Die plötzliche Angst, Dich zu verlieren, mischt sich salzig in die Süße, Dich zu besitzen; in die Dankbarkeit, Dir zu gehören. Du trinkst Wasser. Und jetzt ist die ganze Aufmerksamkeit in einer Berührung; in Deinem Zeigefinger, der dem Rand meiner Augenbraue folgt und langsam den Nasenrücken hinabwandert. Und dann: Daß es so zitternd wunderbar sein kann, Deinen Finger im Mundwinkel und entlang der Unterlippe zu spüren. Du steckst Deine Zeigefinger zwischen Wange und Zähne, Deine Finger sind wie Keile in meinem Mund. Du küßt mich und läßt mich das Wasser trinken, das Du im Mund behalten hast. Ich weiß nicht, wo ich aufhöre und Du anfängst. Du bist in mir, ich bin in Dir, und in dem lebensspendenden Moment, wo wir eins werden, höre ich auf zu existieren.

Später am gleichen Abend gehen wir mit dem schwedischen Galeristen und ein paar Journalisten essen.

Du bist eingeladen und hast eine entfernte Bekannte mitgebracht. Niemand weiß, daß wir vor einer Stunde und fünfundzwanzig Minuten ineinander verschwunden waren. Sie wissen nur, daß Du mich kennst und ich von der anderen Seite des Sunds stamme. Sie wissen nicht, daß Dein Mund gerade ein Mal hinterlassen hat an der Innenseite meiner ... oder meine Zunge – die gerade Laute ausspricht, die sich zu englischen Wörtern formen – sie hat vor weniger als zwei Stunden Deine ... Sie wissen nicht, daß morgen, wenn Du nach Fanjeaux zurückfährst und ich wieder in Kopenhagen bin, wir das gleiche lustvolle Dunkel geteilt haben.
Gott segne das Savoy Hotel, Malmö.

D.

Wunderbare Frau. Danke für Deine Briefe. Ich bin
ganz verrückt nach ihnen. Es erfüllt mich mit
Stolz und Freude, solche Briefe zu bekommen. Das
Schlimme ist, daß ich Lust habe, sie jemandem
zu zeigen. Ich habe Lust zu zeigen, daß ich –
ausgerechnet ich – solche Briefe bekomme. Einer lag
auf meinem Tisch, als neulich mein Assistent
hereinkam. Er sah ihn sofort und sagte: »Was für
eine elegante Handschrift.« Und das finde ich auch –
und ich war stolz und froh und mußte mich in acht
nehmen, daß ich den Brief nicht auffällig schnell
wegnahm.

    Es war gut, daß ich es nicht tat, es hätte den
Verdacht erweckt, daß der Brief etwas enthielt, was
geheimgehalten werden mußte. Um so mehr,
als er als nächstes sagte: »Er muß von einem Mann
stammen.« Und ich gab ihm – während ich die
Finger hinter dem Rücken kreuzte – recht.

Als ich fünf war, wurde mein Leben allmählich mit
Ritualen und Zauberformeln eingefärbt. Ich kam
in die Schule. Collège de Dieu hieß sie, und es war
eine der religiösen Internatsschulen, von denen es
damals in Frankreich so viele gab. Meine Eltern

waren nicht besonders gläubig, aber der Katholizismus hatte, besonders vor und während des Krieges, große Macht, und sie meinten, eine religiöse Schule wäre ein solider Ausgangspunkt für mich – und außerdem war es ein Internat, was hieß, daß sie mich von Sonntag nachmittag bis Samstag los waren. Schon vom ersten Tag an fühlte ich mich an der Schule als etwas Besonderes. Es war natürlich eine reine Knabenschule. Die Lehrer gehörten dem Dominikanerorden an. Frère Xavier rief nacheinander unsere Namen auf. Als er zu mir kam, sagte er: »Jean Luc Foreur. Willkommen an der Schule! Wir haben das Glück, einen Jungen hier zu haben, der am gleichen Tag Geburtstag hat wie die heilige Mutter Gottes. Das ist ein besonders schöner Tag.«

Man sagt, die Jungfrau Maria sei am 8. September geboren, wie ich. Denk mal, Delphine, so wenig braucht es, um sich als etwas Besonderes zu fühlen, aber in meiner Kindheit und während meiner Schulzeit war es tatsächlich von großer Bedeutung, an diesem besonderen Tag Geburtstag zu haben. (Wann hast Du wohl Geburtstag?) Vielleicht war ich deshalb bei allem, was mit Ritualen zu tun hatte, besonders eifrig dabei. Für mich mischten sich die katholischen Riten mit allen möglichen Jungenregeln und Merkversen. Das Tischgebet und die Regel, sich drei Tage nicht die Hände zu waschen, wenn man das Glück gehabt hatte, einen Schmetterling mit bloßen Händen zu fangen, waren für mich gleich wichtig. Auf seine Schnürsenkel zu spucken, wenn man sich ewige Treue schwor, und die Osterfeierlichkeiten waren zwei Seiten der gleichen Medaille. Die Finger hinter dem Rücken zu kreuzen, um eine Lüge ungesagt zu machen und das Vaterunser zu beten, das war gleich mächtig. Und das Witzigste daran ist – Delphine – es wirkt immer noch. Auch das Besondere, am 8. September geboren zu sein.

Deshalb – ganz einfach deshalb – habe ich die Finger hinter dem Rücken gekreuzt, als ich bejahte, daß der Brief von einem Mann geschrieben sei, und dann habe ich übrigens meinem Assistenten etwas zu arbeiten gegeben, ohne sofort den Brief wegzunehmen.

Vielleicht habe ich den Brief auch deshalb nicht weggenommen, weil ich irgendwie entlarvt werden möchte. Ich weiß sehr wohl, daß niemand auf der Welt erfahren darf, daß ich diese Briefe schreibe und empfange, dennoch habe ich den merkwürdigen Wunsch, entlarvt zu werden.

Nur weil ich so stolz bin – Delphine. Nur deshalb.

Ich habe gerade deinen wunderbaren Brief bekommen, den Savoy-Hotel-Brief. Und ich bin erschöpft und glücklich, als wäre ich wirklich mit Dir zusammengewesen. Es fällt mir überhaupt nichts Schmutziges ein, was ich schreiben könnte. Ich kann nur schreiben, was ich Dir im Halbdunkel erzählt haben könnte, bevor wir mit dem schwedischen Galeristen und den Journalisten essen gegangen wären. Ich hätte Dir vielleicht von den Regeln und Riten erzählt, und dann hätte ich auf meine Schnürsenkel gespuckt, wenn ich denn unter dem Haufen von Kleidern meine Schuhe gefunden hätte.

Ich freue mich darauf, wieder von Dir zu hören: Sich sehnen nennt man das wohl.

Jean Luc

5. Dezember

Gestern nachmittag war ich bei meiner Großmutter, um Korn einzusäen. Es ist eine alte provençalische Tradition, glaube ich. Auf jeden Fall sät sie immer am 4. Dezember. Früher fuhren wir im August zusammen aufs Land, gleich nach Schulbeginn. Erst nach Helsingör und dann weiter mit einem kleinen Zug, der »Das Ferkel« hieß. Wir besuchten Großmutters alte Bekannte, und nach dem Tee gingen wir zusammen über die frisch gemähten Felder und sammelten Korn in die Stofftaschen, die sie sonst zum Einkaufen benutzte.

Die letzten beiden Jahre bin ich allein gegangen. Die alten Menschen, die wir früher besucht haben, sind heute im Pflegeheim, und meine Großmutter findet, sie sei zu alt.

Es macht keinen Spaß, diesen Ausflug allein zu machen. Es hat schon immer ein Hauch von Tristesse über ihm gelegen, weil wir über den von Mähmaschinen niedergemachten Sommer liefen. Und verglichen mit der hohen und freien Juliluft ist die Augustluft brav. Die Augustluft hat etwas von gespitzten Bleistiften und neu eingebundenen Büchern.

Wenn wir da die Furchen entlangliefen und Korn

sammelten, hatten wir beide das Gefühl, daß es noch unendlich lange bis zum 4. Dezember war. Wir sprachen immer darüber, das gehörte gewissermaßen dazu. Und jetzt, die letzten beiden Male, bin ich im August allein mit dem »Ferkel« gefahren, es *muß* schließlich gemacht werden.

Es ist wichtig.

Wir freuen uns immer, meine Großmutter und ich, auf den 4. Dezember. Wir bereiten alles vor, Töpfe und Erde. Wir legen Zeitungen aus, um nichts schmutzig zu machen, und wir warten, bis es dunkel wird. Der Tee summt in der englischen Teemaschine, und wir zünden Kerzen an. Wir sind uns einig, daß die Zeit so schnell vergangen ist. »Denk mal, ich habe das Gefühl, gerade war noch August«, sagt meine Großmutter. Und wir säen und gießen und wissen, wenn das Korn zu sprießen und zu wachsen beginnt, dann ist Sonnenwende, und dann dauert es nicht mehr lange, bis die Amsel wieder zwitschert.

Ich wollte anschließend zu einer großen Geburtstagsfeier und hatte dann einfach keine Lust darauf. Hatte keine Lust, den süßlichen Geruch meiner Großmutter zu verlassen und die Hyazinthen, die gerade ihre spitzen Hüte abgesetzt bekommen hatten.

Es war eine große Gesellschaft, schick, neonmäßig, und alle standen herum. Es war, als würde es ständig ziehen. Ich sprach mit einem entfernten Bekannten, seine Augen bewegten sich unablässig, um zu sehen, wer alles gekommen war. Die Schicken kommen immer zum Schluß, und war das nicht sie aus dem Fernsehen zusammen mit dem Typ von der neuen Zeitschrift – »Und hallo…«

Ich wollte nur noch aufs Klo. Es gab mehrere Badezimmer, ich nahm das kleinste und saß über eine Stunde auf dem Klodeckel. Merkwürdig, einfach so verschwinden zu können. Ärgerlich, nicht vermißt zu werden.

Ich saß und vermißte Dich, und dann bin ich nach Hause gegangen, ohne mich von den Gastgebern zu verabschieden.

Und heute habe ich den ganzen Vormittag in der Badewanne gelegen. Es ist Sonntag, und ich habe eine neue Methode gefunden, wie ich an Dich denken kann, wirklich! Ich halte meine Brüste und tue so, als ob Du sie hieltest. Ich halte meine Brüste und tue so, als wären es Deine Kugeln. Nein, sei ganz beruhigt: Ich bin fest davon überzeugt, daß meine Brüste größer, wesentlich größer als Deine Kugeln sind, was ein Glück ist, sowohl für Dich als auch für mich, und ich tu ja auch nur so, die Form ist die gleiche, die runde Form, die am Körper festsitzt. Ich habe in der Badewanne gelegen und so an Dich gedacht.
Das war schön.

Liebste Grüße, Delphine

PS: Ich habe nur alle vier Jahre Geburtstag – das erklärt vielleicht, warum ich so kindische Spiele in der Badewanne spiele.

9. Dezember

Heute – Jean Luc – habe ich noch einmal alle Deine
Briefe gelesen. Manche kann ich fast auswendig.
Es kommt vor, daß mir einzelne Sätze durch den
Kopf schießen, oder ich höre mich eine Deiner
Formulierungen gebrauchen. Manchmal ins Dänische
übersetzt, manchmal als direktes Zitat, wenn ich
mit meiner alten Großmutter spreche. Ihr sage ich
natürlich nichts Unanständiges, das ist klar. Aber ich
sage zum Beispiel: »Sehen Sie doch nur mal (ich sage,
wie Du weißt, Sie zu meiner Großmutter, aber das
ist die einzige Korrektur), sehen Sie doch nur mal –
sage ich also – sehen Sie doch nur mal, wie geheimnisvoll Mona Lisas Lächeln wirklich ist – sehen
Sie das Original an und vergessen Sie alle Vorurteile
und alle Souvenirs. Vergessen Sie alle Schlüsselringe, Kugelschreiber und Tischsets, vergessen Sie,
daß Sie zu wissen glauben, wie das Bild aussieht.
Leonardo ist unschuldig. Er hat nur eine Ader
geöffnet, eine Quelle, die immer noch fließt.« Ich
glaube, sie hält es für eine Provokation, daß ich es
überhaupt wage, etwas so Heiliges wie die Mona Lisa
in Frage zu stellen. Sie weiß nicht sehr viel über
Kunst, aber das Bild kennt sie, und ihrer Meinung
nach kann so ein eherner Gegenstand überhaupt nicht

in Frage gestellt werden. Es macht mir trotzdem Spaß, das alles zu sagen, nicht zuletzt natürlich, weil die Formulierung von Dir stammt. So nehme ich Dich in den Mund.

Und ich lese wieder Deinen Cannes-Brief. Er ist schön, ein bißchen wehmütig zwischen den Zeilen kommt er mir vor; warst Du an diesem Tag in Cannes wehmütig? Du schreibst von der Sehnsucht, und daß die Sehnsucht Dich Dein Leben lang begleitet hat, und daß sie manchmal so stark war, daß es weh getan hat.

Ich denke, ich spüre das gleiche – etwas, das man nur schwer in Worte fassen kann – es ist ein Erbleichen im Körper, ein Brennen in der Brust, ein Ziehen im Fleisch, ein Gefühl, das mich ganz plötzlich meine Nervenenden spüren läßt. Und gleichzeitig ist es, als würde der Körper überlaufen, überlaufen vor Kraft, Leben und Mut. Sich zu sehnen ist, das Leben neu erfinden zu wollen – genau so und so und so.

Es ist wunderbar, sich zu sehnen.

Es tut weh, sich zu sehnen.

Es hat den ganzen Tag geschneit.

Kuß D.

Liebe D.

Eigentlich weiß ich nicht, ob es mir gefällt, daß Du
meine Briefe aufhebst. Ich habe das Gefühl, ich
sehe mir selbst beim Schreiben über die Schulter,
wenn ich weiß, daß ich archiviert werde.
Mein Stift verstummt bei diesem Gedanken.
　Ich muß auch das Bewußtsein verdrängen, daß das
Gemälde, an dem ich gerade arbeite, eines Tages
an einem fremden Ort hängen wird, wo mein
Bemühen und meine Offenheit kühlen Kommentaren ausgeliefert sind.

War ich wehmütig in meinem Cannes-Brief? Ich
erinnere mich nicht, aber ich kann wehmütig werden,
wenn ich so viel an die Sehnsucht denke.
　Während sie Dich offenbar zum Überlaufen bringt,
fühle ich mich in meine Sehnsucht eingesperrt:
Ich schaffe es nicht, herauszukommen, von ihr wegzukommen. Ich bin wie gelähmt. Ja, es tut weh,
sich zu sehnen. Es tut weh, nicht das tun zu können,
was man möchte, nicht das ausführen zu können,
wovon man träumt.
　Aber – Du entbehrtes Mädchen – ich habe schon

zuviel gesagt. Und ich möchte Dich weder verletzen, noch Dir Kummer bereiten. Ich möchte Dich nicht mit meiner Melancholie belasten. Könntest Du mir nicht ein bißchen Schnee schicken, es könnte sein, daß er mit guttut.

Hier schneit es fast nie.

JL

17. Dezember

Lieber JL,

– jetzt reicht es mit dem wehmütigen Sehnsuchtsgerede. Entschuldige, daß ich das sage. Aber wir sind alle beide schreckliche Jammerlappen. Ich weiß sehr wohl, daß Du verheiratet bist, das hast Du mir vor langer Zeit geschrieben. Mehr weiß ich nicht, ich weiß nicht einmal, ob ihr Kinder habt. Irgendwie glaube ich es nicht. Ich habe nie fragen wollen, ich habe überhaupt nie nach eurer Ehe fragen wollen, und Du hättest mir auch nicht geantwortet. Daran werde ich nicht rühren – wirklich nicht. Und ich schiebe auch ständig bestimmte Gedanken weg, Bilder ... nun, nichts mehr davon, ich habe keine Lust, mich damit aufzuhalten. Ich habe viel mehr Lust, mir und auch Dir zu sagen, daß das, was zwischen uns geschieht, einmalig auf dieser Welt ist. Das hat es auf diese Art noch nie gegeben. Du und ich, wir sind in dieser Zauberkugel, von der Du mir vor nicht allzu langer Zeit geschrieben hast. Und das hat nichts mit irgendwelchen anderen Menschen zu tun. Es ist etwas zwischen Dir und mir, und es ist schön so, wie es ist.

    Und ich will auch nicht, Jean Luc, dastehen wie

die böse Verführerin, und ich werde Dich auch nicht ins Verderben oder ins Unglück stürzen. Aber wäre es ein Unglück? Wäre es ein moralisches Dilemma für Dich, wenn die Worte Fleisch, die Sätze Handlung würden? Wenn die Träume Wirklichkeit würden? Ist es völlig undenkbar für Dich, wo Du soviel unterwegs bist, daß wir uns in irgendeiner fremden Stadt treffen, wo Dich niemand kennt (so eine Stadt *muß* es geben, denke ich). Düsseldorf klingt so unpersönlich, daß wir dort unsere einsame Insel finden könnten. Oder – warte, ich hole nur meinen Atlas ...

Ich habe mit geschlossenen Augen die Welt aufgeschlagen und mit dem Finger gezeigt auf ... den – Stillen Ozean, Kein Wunder, wo $\frac{4}{5}$ der Erde mit Wasser bedeckt ist. (Das stimmt doch, oder?) Der Stille Ozean verträgt es, ein bißchen aufgewühlt zu werden. Natürlich gibt es genau dort kleine Inseln, wie man sie aus Comics kennt und wie sie auftauchen, wenn man das Klischee denkt, allein mit dem Liebsten auf einer einsamen Insel zu sein – wo man für nichts auf der Welt auch nur eine halbe Stunde mit seinem Hausverwalter oder seiner niederträchtigen Schwiegermutter zubringen möchte, falls man eine solche hat. Und es gibt natürlich auch das Modell Holzfloß oder Luxusyacht. Die sind beide etwas unrealistisch. Ich versuche es noch einmal:

Dieses Mal hatte ich mehr Glück: Spitzbergen. Dort hätten wir unsere Ruhe, nicht?

Damit Du mich erkennst, ich trage eine Rose hinter dem Ohr ...

Ein Tag und eine Nacht könnten ein abgeschlossenes Ganzes sein, ein ganzes Leben. Ich spreche ja nicht davon – ich würde nicht einmal davon träumen –, Dich zu bitten, Haus und Hof zu verlassen.
Ich vermisse Dich nur so schrecklich. Und gleichzeitig weiß ich nicht, was ich vermisse. Ich würde so gerne Deine Stimme kennenlernen, Deinen Geruch, Deinen Mund, Deinem Gang, das Gewicht Deiner Hand.
Nur einmal, Jean Luc, das ist alles, worum ich Dich bitte. Und wenn auch Du von Sehnsucht geplagt wirst, wo liegt das Problem? Was verhindert dieses Treffen?

Liebe Grüße, Delphine

31. Dezember

Lieber Jean Luc,

– Du schweigst. Ich wage es kaum, den Stift aufs Papier zu setzen, ich überlege, ob ich in meinem letzten Brief vielleicht zu grob war. War ich zu grob? War ich zu aufdringlich, zu direkt?

Ich schreibe Dir jetzt nur, um Dir ein glückliches Neues Jahr zu wünschen. Danke für ein wunderbares Jahr zusammen mit Dir. Weißt Du, daß es genau ein Jahr her ist, daß wir angefangen haben, uns zu schreiben? Es war ein schönes Jahr, und noch nie hatte der Wunsch für ein gutes Neues Jahr soviel Sinn und soviel Kraft für mich wie jetzt.

Unendlich viele liebe Grüße und ein Gutes Neues Jahr.

Delphine

7. Januar

Lieber JL,

– Du schweigst immer noch. Wirst Du wohl das ganze restliche neue Jahr schweigen? Oder hast Du meine Briefe nicht bekommen, weil die Post zu Weihnachten überlastet war? Vielleicht ist auch ein Brief auf dem Weg zu mir in einer Schneewehe steckengeblieben, oder vielleicht auf Grönland gelandet, zusammen mit den Wunschzetteln, die Kinder an den Weihnachtsmann geschickt haben? Oder – vielleicht – rührt Dein Schweigen daher, Jean Luc, daß Du dieses Spiel nicht fortsetzen möchtest? Wenn es so ist, laß es mich wissen, aber schweige nicht einfach nur.

»Spiel« schreibe ich, und ich weiß nicht, ob es das richtige Wort ist. Es ist auf jeden Fall das ernsthafteste Spiel, das ich jemals gespielt habe. Aber sind nicht alle guten Spiele ernsthaft? Glauben spielende Kinder nicht immer, daß das Spiel Wirklichkeit ist?

»Das soll ein Schloß sein!« sagt das kleine Mädchen zu ihrem Spielkameraden (das Schloß ist eine Pappschachtel), »und Du bist der Prinz. Ich bin tot, und der Prinz kommt auf seinem Pferd vorbei.«

»Ich komme«, sagt der Junge, »ich komme in vollem Galopp mit meinem Schwert angeritten.«

»Nicht so laut!« Das ist wieder das kleine Mädchen. »Du weckst den bösen Troll. Er darf nicht hören, daß Du kommst. Dann kommst Du und küßt die Prinzessin, und dann erwacht sie wieder zum Leben.«

Aber das möchte der Junge nicht. Er will sie nicht küssen. Es ist eklig, Mädchen zu küssen, findet er. Und das Mädchen weint, sie ist untröstlich.

»Dann muß ich also tot bleiben, bis ich erwachsen bin«, sagt sie.

Dieses Spiel ist das ernsthafteste Spiel der Welt. Das allerwirklichste. Und unser Spiel ist das ernsthafteste, das *ich* je gespielt habe. Für mich ist es Ernst! Ist es schlimm, daß ich Dich das wissen lasse? Ist es schlimm, wenn ich Dir erzähle, daß ich mich nach Dir sehne? Ist es schlimm, wenn ich Dir schreibe, daß ich an Dich denke, daß ich sowohl nachts als auch tagsüber von Dir träume?

Ich kann spüren, wie mein Körper sich Dir öffnet, sich nach Dir streckt. Ich bin außer mir.

Kennst Du die dänische Schriftstellerin Karen Blixen? Von ihr stammen eine ganze Reihe von Bonmots (die meisten kamen mir immer ziemlich kryptisch vor). Eines hieß: »Je respondrai.« Inzwischen verstehe ich es. Ich verstehe es auf meine Art (und das meint man wohl mit verstehen).

Eine Antwort ist eine Liebesbezeugung. *Ohne* Antwort bin ich halb, *mit* Antwort bin ich ganz. Allein bin ich die Hälfte, zusammen mit Dir sind wir das Ganze. Kannst Du das nicht verstehen, Jean Luc?

Ich lese Abaelard und Heloïse (selbstverständlich), und sie schreibt ihm – es könnte von mir an Dich sein: »Ich beschwöre Dich; höre, was ich verlange! Du wirst sehen, es ist nur etwas Geringes, was Du leicht für mich tun kannst. Wenn ich Deiner Gegenwart beraubt bin, dann schenk mir wenigstens die süße Gegenwart Deines Bildes, das Dir im geschriebenen Wort zur Verfügung steht.«

Ich habe heute nacht von Dir geträumt, Jean Luc, wie schon so oft. Geträumt, daß Du hier warst, direkt hinter mir. Wir gingen über eine Brücke, es waren viele Menschen dort, und es war hellichter Tag. Dennoch gingst Du hinter mir, ganz dicht hinter mir, ich konnte dich zwischen meinen Beinen spüren, Deine rechte Hand war vorne zwischen meinen Beinen. Du hieltst mich ganz fest, wir gingen im Paßgang über die Brücke. Es weckte nicht das geringste Aufsehen, daß wir so gingen, es war, als würden die Leute meinen, daß wir einfach immer so liefen.

Sag mir, Jean Luc, wo in der Welt können wir uns treffen? Wo gibt es die Brücke, über die wir im Paßgang gehen können? Jean Luc, es kann nicht sein, daß nur ich mich danach sehne. Nur einmal und dann nie wieder.

Liebe Grüße von Delphine, die sehr wohl selbst hört, daß sie klingt wie ein quengelndes Kind

Liebe Delphine,

danke für Deine phantastischen Briefe. Ich weiß sehr wohl, daß es widersprüchlich klingt, denn auch wenn ich mir nicht wünsche, daß Du meine Briefe versteckst, so bewahre ich doch Deine an einem geheimen Ort auf. Ich habe schon so viele, daß ich eine größere Schachtel suchen mußte. Aber jetzt hör mal zu, hör gut zu, Du Dummkopf, ich wiederhole: Du darfst nicht erwarten, daß ich Dir immer antworte. Du darfst nichts erwarten, Du darfst nicht damit rechnen, daß wir uns treffen. Rechnet man mit etwas, nimmt man dem Leben seine Schönheit.

Ich bin manchmal besorgt, wenn Du schreibst, Du seist außer Dir, ich bin manchmal beunruhigt über Deine Hartnäckigkeit und die Erwartungen, die ich aus Deinen Briefen herauslese.

Das macht mich vielleicht zu jemandem, der ich nicht bin, oder besser: Ich bin ein anderer, als Du glaubst. Und dann ärgert es mich, daß Du mich mit dem alten kastrierten Abaelard vergleichst, der ins Kloster ging und ein Heiliger wurde, nachdem sie ihm alles abgeschnitten hatten.

Aber selbstverständlich, Du schöne Frau: Selbstverständlich wäre es wundervoll, Dich zum Leuchten zu bringen, Dein Fleisch zum Singen zu bringen, Deinen Schoß zum Schmelzen.

Delphine – Du mußt wissen, daß ich mir mindestens so brennend wie Du, auf meine Art, wünsche, daß wir ein Fleisch werden. Aber ich fürchte, es wird noch dauern, aus Gründen, mit denen ich Dich nicht langweilen will.

Ich denke jeden Tag an Dich und bin glücklich über den Strom von Briefen, der mich erreicht, daran darfst Du nie zweifeln.

Du schöne Frau: Danke für alles, was Du schreibst, und vergiß nicht, daß Du ganz so bist, wie Du sein sollst, ganz bist, so wie Du bist.

Dein Jean Luc

19. Januar

Jean Luc,

– das einzige, was ich an dem Brief, den ich gerade empfangen habe, sehe, ist die letzte Zeile. »Dein Jean Luc« steht da, das hast Du noch nie geschrieben.
Wie ein Echo hallen die Worte in mir wider und füllen mich mit Dankbarkeit. »Dein Jean Luc« ... mein Jean Luc ... Deine Delphine – gleichfalls.
Jetzt lese ich noch einmal den ganzen Brief (Pause). Nein, Jean Luc, ich werde mit nichts rechnen, das verspreche ich Dir. Und ich werde mich nicht aufdrängen oder vorpreschen. Aber dann darfst Du Dir auch keine Sorgen machen oder Angst haben vor meiner Freude, daß es Dich gibt. Kannst Du sie nicht annehmen? Annehmen, daß ich Dich mag. Ist es nicht sehr einfach?
Jetzt lese ich den Brief noch einmal. Über manche Formulierung ärgere ich mich beim Lesen, warum denn all diese Vorbehalte, so plötzlich? Ich komme mir vor wie eine Dampfwalze.
Der Satz »Ich bin ein anderer, als Du glaubst«, den sehe ich erst jetzt, und ich verschlucke mich fast daran. Ja – Herrgott! – ich glaube, Du bist Du. Ich mag den, der all diese wunderbaren Briefe

geschrieben hat. Du bist der, der mir vor längerer Zeit einen Grundkurs im Gebrauch der Du-Form gegeben hat. Du bist Du, so wie Du in meiner Vorstellung bist, genau wie ich ich bin, vor Deinem inneren Auge. Der Kaufmann oder die Frau auf der Post sehen mich selbstverständlich nicht so. Aber die Delphine, die Du vor Dir siehst, ist wahrer und facettenreicher, als viele andere mich sehen. Und wie viele kennen Dich so gut wie ich?

Und das Beste von allem: Ich bin Deine Delphine. Du kannst etwas hinzufügen oder abziehen. Und Du bist mein Jean Luc, das schreibst Du selbst. Von heute an bist Du mein.

Dennoch ist Dein Brief voller Vorbehalte und Unruhe. Du sollst wissen, das einzige, was ich mir auf der Welt wünsche, ist, daß Du glücklich bist. Wie kann ich Dich glücklich machen? Mein größtes Opfer wäre, Dir nicht mehr zu schreiben. Aber selbst dazu bin ich bereit. Würde Dich das beruhigen? Sag es mir, Jean Luc – wirklich? In diesem Fall würde ich all meine Sehnsucht, meine ganze Hingabe für Dich verschließen, wie eine Blüte, die keine Berührung verträgt. Doch solange meine Zunge nicht Deinen Unterarm lecken darf, solange ich Dich nicht auf den Hals küssen darf, solange ich nicht mit meinen Händen Deinen Rücken entlangstreichen darf, sind Worte das einzige, womit ich Dich streicheln kann. Meine Sprache ist meine Zunge, die Dich küßt, meine Sätze sind meine Hände, die Dich streicheln, Dir zu schreiben ist wie Dich zu berühren. Wenn ich stumm würde, hätte ich keinen Körper mehr. Willst Du ihn mir nehmen, Jean Luc? Ich erwarte –

das verspreche ich – nicht, von Dir gestreichelt zu werden.

Oh, das Ganze wird so kompliziert. Kann es nicht wie bisher sein? Warum sind wir nur auf diese ausgetrockneten Abwege geraten?

Ich überlege, ob ich diesen Brief verbrennen und einen anderen schreiben soll. Und dennoch: Dieser Brief ist wie meine anderen Briefe, er ist Ausdruck meiner Gedanken. Heute sind die Gedanken eben labyrinthisch, aber auch liebevoll, verwirrt, aber auch verliebt. Deshalb jetzt nur noch, wie immer

Deine Delphine

10. Februar

Lieber Jean Luc,

– DANKE für die Zeichnung, die ich gerade erhalten habe. Ich hätte nie gedacht, daß mir so ein Glück widerfahren würde.
  Sie liegt hier vor mir auf dem Tisch und erfüllt mich mit Freude und Ruhe.
  Eine Ruhe, die ich seit Monaten nicht gefühlt habe. Ich werde sie jetzt weiter ansehen und meine Ruhe Dir zugute kommen lassen.

Liebste Grüße, Delphine

Liebe D.

Du hast nun lange geschwiegen, und ich hoffe, daß die Ruhe, von der Du geschrieben hast, sich seither erhalten hat. Liebe Frau, Du darfst nie daran zweifeln, daß ich hier bin und daß ich Dich gern habe – das tu ich wirklich – von hier aus gern habe.

    Stell Dir vor, meine Hände halten Dein Gesicht. Meine kühlen Handflächen auf Deinen warmen Wangen, ein kleiner Finger berührt Dein Ohrläppchen, während ein Daumen in Deinem Lachgrübchen liegt. Ich halte Deinen Kopf. Ich halte Deine Gedanken, ich spüre Deinen Atem. Du läßt Deinen Kopf in meinen Händen ruhen, ich kann den Duft Deiner Haare riechen. Fühle ich meinen Puls mit meinem Zeigefinger, oder ist es Deiner?

    Ich schaue Dich an. Du läßt mich Dich anschauen. Du siehst schön aus. In Dir verschlossen, in meinen Händen ruhend.

    Deine Augenlider sind wie Seide und zittern, als ich Dich küsse.

    Bleib so, Delphine, und wisse, daß ich Dir nahe bin.

JL

Liebe D.

Jetzt hörst Du schon wieder von mir, weil ich gestern vergessen habe, daß morgen fast Dein Geburtstag wäre, wenn der morgige Tag nicht aus dem Kalender gefallen wäre. Ich war schon im Bett, als es mir plötzlich einfiel, und nun bin ich noch einmal aufgestanden und sitze am großen Tisch in meinem Atelier.

Gleich ist es zwölf. Hier ist es so still, es ist eine sternenklare Nacht, die ihren Kreis über das Haus zeichnet.

Gleich, wenn die beiden Zeiger sich decken, küsse ich Dich via Sternensatellit. Genau in der Sekunde, bevor der Zeiger zum 1. März weiterwandert, liegt Dein richtiger Geburtstag in einer Tasche versteckt. Eine geheime Tasche, genauso geheim wie unsere Zauberkugel.

Entwurf für ein Geburtstagstelegramm:

B – wie BRÜSTE
O – wie ODALISKE
N – wie NACHT

A – wie ANFANG
N – wie NOCH NICHT NACKT
N – wie NACKT
I – wie INSEL
V – wie VIBRIEREN
E – wie EXPONIEREN
R – wie RAUSCH
S – wie SOFA, SEIDE, SIESTA, wie SEUFZER
A – wie ABWARTEN
I – wie INEINANDER
R – wie REIBEN
E – wie EKSTASE

Viel Glück zum Geburtstag, Delphine

Jean Luc

3. März

Ja, Jean Luc. Ja, halte meinen Kopf, so wie Du
schreibst. Laß meinen Kopf und meine Gedanken
zwischen Deinen Händen ruhen. Die Hände,
mit denen Du auch ißt, malst und schreibst. Die
Hände, die Du gebrauchst, wenn Du Dich an- und
ausziehst. Die Hände, die Deinen kleinen, dummen
Hund streicheln und eine Flasche Wein öffnen.
Die Hände, die mich in meinen Träumen zärtlich
berühren und gerade diesen Brief geöffnet haben.

Entfalte mein Gehirn, Jean Luc, entfalte mein
Gehirn mit deinen Händen. Entfalte es wie eine
Michelin-Karte. Betrachte die wechselnden Farben
von Grün über Gelb zu Braun. Die Farben, die
die Höhenunterschiede angeben, und das Hellblau,
das immer dunkler wird, je tiefer das Meer und
die Sehnsucht werden.

Schau, da in dem kleinen Dorf rechts liegt der
Traum, Dich in einem fremden Hotelzimmer zu
treffen, mit Läden vor den Fenstern und Stimmen,
die von der Straße hochschallen. Stimmen, die nichts
mit uns zu tun haben und die Konsonanten und
Vokale aussprechen, in fremden Zusammenstellungen
und Tonfällen, sie werden zu Wörtern und Sätzen, sie
erzählen uns, daß wir in einem fremden Land sind.

Wenn Du die Hauptstraße weitergehst und Dich nach rechts wendest, kommst Du ans Meer; tief wie meine Sehnsucht und ebenso unruhig. Aber wenn Ebbe ist, können wir ins flache Wasser gehen, das uns – auch weit draußen – nicht einmal bis zum Knie reicht – allerdings müssen wir aufpassen, nicht zu weit hinauszugehen, weil wir plötzlich von großen Wellen überrascht werden könnten, die hereingerollt kommen. Am Nachmittag ist das Meer ruhig, und wir können baden: Ein ins Wasser gesenkter Körper ist kühl, glatt und weißlich, auch wenn das Begehren zwischen den Beinen pocht, und wir sind außer Atem, wenn wir an den weißen Strand kommen. (Den Strand kannst Du deutlich auf der Karte erkennen.)

Geh mit dem Finger auf die Eisenbahnlinie, die in mein Allergeheimstes führt – wo die Worte aufhören und die Bilder zu Empfindungen werden. Es ist wie kurz vor dem Aufwachen oder kurz vor dem Einschlafen, wie wenn man Fieber hat oder wie damals im Mutterleib. Wie wenn man glücklich ist.

Es gibt keinen Ort auf der Landkarte, den Du nicht betreten darfst; keine Stadt, keinen Wald und keinen Strand, wohin Du Deinen Fuß nicht setzen dürftest.

Halte meinen Kopf zwischen Deinen Händen und entfalte mein Gehirn. Es liegt Dir zu Füßen.

Liebste Grüße von der Michelin-Frau

4. März

Jean Luc – das ist das beste Geburtstagstelegramm, das ich je bekommen habe. Vielleicht das schönste Geburtstagsgeschenk überhaupt. Für nächstes Jahr wünsche ich mir, Dich in der Zeittasche, in der Zauberhöhle des wirklichen Lebens zu treffen.

Kuß, Delphine

Liebe D.

Du *bist* verrückt. Du bist wirklich verrückt.
Verführerisch und verrückt.
   Und was soll ich sagen außer danke. Danke
für die Briefe, die zu so schönen Bildern werden
in *meinem* Gehirn. Danke für all die Gedanken, die Du mir opferst, die Träume, die Du mir
schenkst.
   Ich bin nur besorgt darüber, daß Dein Leben
aus nichts anderem zu bestehen scheint, als
entweder an mich zu denken oder mir zu schreiben.
Und das darf nicht so sein. Wenn tatsächlich einmal
viel Zeit vergeht, ehe ich Dir wieder schreibe –
wenn hin und wieder lange Pausen zwischen meinen Briefen liegen, dann – Delphine – nicht,
weil mir all das, was zwischen uns geschieht, nicht
gefällt.
   Es ist nur so, daß ich ein ziemlich beschäftigtes
Leben führe. Ausstellungen in Basel, in Paris
und im nächsten Monat, vom 14. April bis zum
5. Mai, stelle ich in einer großen Galerie in
New York aus.
   Schönes Mädchen, Spinnige Muse, Süßes Modell,

Saftige Möse. Sei alles, was Du bist – aber sei es nicht nur in Deinen Briefen an mich.
Sei alles zusammen (auf jeden Fall die drei ersten Dinge), wenn Du mit anderen zusammen bist, und lebe Dein Leben von innen nach außen.

JL

30. März

Lieber Jean Luc,

– gute Reise nach New York. Ich werde Dich vermissen!

Es ist schrecklich dumm, aber es ist wahr, daß ich Dich vermissen werde, wenn Du weg bist. Ob Du in Fanjeaux bist oder in New York, kommt doch aufs gleiche raus, könnte man meinen. Aber das stimmt nicht. Ich vermisse Dich, weil Du nicht an Deinem Schreibtisch sitzt, den ich kenne, nicht ins Postamt gehst und in den Felix Potin am Markt, nicht unter dem Maulbeerbaum im Garten stehst.

Ich habe oft darüber nachgedacht, daß ein Ereignis, wenn es einmal vorbei ist, nicht immer *mehr* vergeht dadurch, daß die Tage fortschreiten.

Vergangen ist vergangen, gleichgültig, ob etwas gestern oder vor drei Monaten oder vor Jahren war.

Genauso könnte man sagen, daß Du gleich weit entfernt von mir bist, ob Du nun 100, 2000 oder 7000 km zwischen uns liegen. Aber so fühlt es sich nicht an. Es könnte also gut sein, daß ich meinen Vergangenheitsbegriff revidiere.

Schreibst Du mir aus New York?

Liebste Grüße von der,
die zu Hause bleibt

Vielleicht – Delphine – schreibe ich Dir von drüben.
Ich kann es Dir nicht versprechen. Du weißt, ich
denke genauso viel an Dich in Fanjeaux, wo ich Zeit
zum Schreiben habe, wie in New York, auch wenn
ich dort keine Zeit für einen Brief finden sollte.
Das weißt Du genau. Und guck nicht wie das kleine
Mädchen mit dem Schmollmund und den Ratten-
schwänzen – nicht wahr?

   In Eile,
   JL

PS: Ob das kleine Mädchen mit dem Schmollmund
wohl lachen muß, wenn sie diese Postkarte sieht,
auf der sie Jimmy Carter an- und ausziehen kann?
Es tut mir leid, wenn ich in meinem letzten Brief
vielleicht ein bißchen streng geklungen habe.
Ich wollte Dich nicht verletzen.

   Liebste Grüße von Jean Luc mit Reisefieber

PPS: Und was ist mit dieser Karte? Macht die Dich fröhlich?

JL

Liebe Delphine,

aller guten Dinge sind drei: Als ich meinen Paß
in einer Schublade suchte, fiel mir diese Postkarte in
die Hände, die ich einmal in Spanien gekauft habe.
Es ist keine verrückte Karte, es ist nur ein phanta-
stisch schönes Schloß, finde ich, mit einem Park voller
geheimer Ecken und Bänke, wo man sich küssen
kann ...
    Nun hoffe ich, daß Du das Gefühl hast, einen
Strom von Post zu bekommen, während ich weg bin.

    Dein JL

19. April

Mein lieber ferner Freund,
  – wie leer ist es, so ins Blaue zu schreiben. Wie leer es ist, allein zu Hause zu sein – zurückgelassen worden zu sein. Zugegeben: Ich suhle mich ein bißchen in Selbstmitleid und weiß sehr wohl, daß ich komisch bin. Ich freue mich einfach so darauf, daß Du wieder nach Hause kommst!
  Inzwischen kann ich Dir für die Postkarten danken. Die Jimmy-Carter-Karte ist wunderbar verrückt, über die Auffalt-Karte habe ich sehr gelacht, die Spanien-Karte allerdings beunruhigt mich: Als wüßte ich nicht, was »Chateau en Espagne« bedeutet. Siehst Du so all das Schöne zwischen uns – wie ein Luftschloß?
  Ich *muß* Dich bald sehen, mein schmerzlich vermißter Freund. Ich werde immer schwermütiger vor Sehnsucht und Verliebtsein. Eine einzige Begegnung würde mein Dasein vollenden. Mein Herzensfreund – das ist alles, wovon ich träume.

  Deine D.

22. April

Im Frühling fühle ich mich immer so leicht und dünn.

Das Frühlingslicht in Dänemark gleicht Röntgenstrahlen. Die Menschen auf der Straße werden skelettartig, in den Bäumen wird das Pflanzenmark sichtbar. Die Frühlingssonne zeigt gnadenlos die im Winter faltig gewordenen Gesichter. Sie zeigt gnadenlos die Häuser, die den Putz verloren, Fenster, die in der Kälte ihren Anstrich abgeworfen haben.

Ich erreiche fast nicht mehr den Boden, so hoch bin ich im zeitigen Frühling, die Zehen drücken wie die Blätter in den Knospen der Baumkronen. Es gibt keinen Ort, wo ich meine Hautlosigkeit verstecken könnte. Sie wird öffentlich ausgestellt. Unter der weißbleichen Haut verzweigen die Adern sich bläulich wie ein Straßensystem: Haupt- und Nebenrouten. Unten auf der Straße gleitet monoton der Verkehr vorbei. Es ist Vormittag, und die Menschen sitzen in ihren Autos, unterwegs zu etwas, was ihnen wichtig vorkommt. Aber das Licht des Frühlings enthüllt die Sinnlosigkeit.

Alles, was wir unternehmen, ist nur dazu da, das Dasein zu füllen; um ihm einen Zweck zu geben;

wir behaupten, unser Tun sei bedeutungsvoll, um nicht den Geist aufzugeben. Der Verkäufer fährt in seinem roten Auto deutschen Fabrikats davon, er muß sein Brandgerät vorführen oder seine Kollektion von Schuhputzsachen zeigen. Es ist wichtig, daß er nicht zu spät kommt. Er hat seinen festen Rahmen und hält pünktlich die Zeiten ein, um in keine existentiellen Luftlöcher zu fallen. Ich kann vor mir sehen, wie er sonntags das Auto aussaugt und wie seine Vororts-Ehefrau den Nippes im Fernsehzimmer abstaubt. Oh, dieses Frühlingslicht. Man könnte wahnsinnig werden.

Das einzige, was ich nicht ertragen kann, ist zugleich das einzige, was ich ertrage: Ich lese noch einmal alle Deine Briefe – ja, wirklich – und die Freude und die Dankbarkeit sind größer als meine Unruhe und meine Hautlosigkeit, das mußt Du wissen.

Ein paar Briefe zurück, hast Du geschrieben, Du seist ein anderer, als ich glaubte.

Ich habe Dir wohl schon darauf geantwortet, und ich möchte das nun vertiefen: Du weißt doch gar nicht, was ich glaube, ich weiß es schließlich selbst kaum, weil Du so viele bist. Ich sehe ständig einen neuen Menschen, ich mag (ein zu schwacher Ausdruck) sie alle, und ich habe Lust, mit einigen von ihnen zu lieben, mich mit anderen zu streiten, Dir zuzuhören und selbst alles zu erzählen.

Diese Lust ist irgendwie gefährlicher als die sexuelle, weil diese Gefühle es immer schwieriger erscheinen lassen, nicht das Wort LOVE mit I davor und YOU danach zu gebrauchen.

So ist es. Genauso ist es.

Deine ergebene Delphine

17. Mai

Lieber Jean Luc,

– jetzt *mußt* Du aus New York zurück sein, und Du *mußt* meine Briefe bekommen haben. Die Sonne ist so unendlich viele Male über dem Schweigen untergegangen, und jetzt tut sie es schon wieder.
    Und wieder einmal, wie immer, bin ich es, die das Schweigen nicht mehr aushält. Weder Deines noch meines. Muß das sein? Kannst Du mich nicht einfach wissen lassen, daß Du gesund wieder nach Hause gekommen bist·

Wenn ich einen Brief geschrieben habe, liege ich nachts wach und sage ihn mir auf. Und immer, wenn ich einen neuen schreibe, wird der vorhergehende ausgewischt, wie die Wandmalereien vor den Augen der Männer mit den Schutzhelmen verschwunden sein müssen, als sie die Tunnels für die U-Bahn in Rom gruben. Und dann denke ich, war ich in meinem letzten Brief zu heftig, habe ich meine Grenzen, meine Befugnisse überschritten?
    Jeder Tag, an dem Du mir mit Schweigen entgegentrittst, vertieft meine Sehnsucht und meine Verzweiflung. Ich kann bald nicht mehr unterscheiden

zwischen Sehnen und Denken, Traum und Wirklichkeit, Körper und Seele, mir und Dir.

Jean Luc – wie viele Sonnenuntergänge muß ich mich noch sehnen?

Deine Delphine

25. Mai

Jean Luc,

– ich habe Seelenweh. Was machst Du mit mir?
Es tut so weh!

   D.

28. Mai

– bist Du krank, Jean Luc?

31. Mai

– bist Du böse auf mich?

4. Juni

– 51 Tage sind vergangen, seit ich das Luftschloß empfangen habe. War das Dein Abschiedswort? Ich verstehe nichts. Hilf mir zu verstehen!

D.

16. Juni

Mein Geliebter,

– anstelle des ganzen Elends und Jammers, in welchem ich mich derzeit befinde (ich habe mir außerdem auch noch den Fuß verstaucht, ich muß also stillsitzen, mein großer Fuß liegt auf dem Stuhl vor mir), will ich versuchen, mich – und Dich – in einen anderen Gemütszustand zu versetzen. Ich will versuchen, an etwas Schönes zu denken. Dabei traue ich mich nicht mehr, im Zusammenhang mit Dir an etwas Schönes zu denken. Und da meine Briefe nicht zurückkommen, *müssen* sie Dich ja erreichen.

Gestern meinte ich, Dich auf der Straße zu sehen – Du gingst vor mir, und ich lief, um Dich einzuholen, ich wollte gerade Deinen Namen rufen, als Du vor einem Schaufenster stehenbliebst. Schon von weitem und von der Seite sah ich – was für eine Enttäuschung –, daß Du es natürlich nicht warst. Auf dem Nachhauseweg war mir so elend zumute, daß ich nicht aufpaßte und mir unglücklich den Fuß verdrehte, und heute ist er geschwollen. Genug davon, Jean Luc. Ich wollte etwas Schönes zu fassen bekommen. Etwas Schönes, das ich mit Dir teilen kann.

Was könnte das sein?

Nun, das könnte zum Beispiel jener Abend sein, ich war vielleicht elf Jahre, mein Vater und meine Mutter und mein jüngerer Bruder saßen beim Abendessen. Es war ein heller Sommerabend, es gibt solche Abende, an denen die Melancholie einen überfließt, weil es so falsch ist, im dritten Stock zu sitzen und zu Abend zu essen, wenn es draußen so hell ist. Alles ist gerade aufgeplatzt, und die jungen Leute sind verliebt. Und dann sitzt man da und ist ein Kind und kann nichts anderes sein. Auf einmal klingelte es an der Tür. Es war mein Onkel, der damals noch Jurastudent war. Er kam einfach herein und – doch, er wollte gern etwas mitessen, und dann sagt er: »Will jemand mitkommen ins Tivoli?« Ich erinnere mich immer noch an das Gefühl – die Freude, die im Hals kitzelte und die mich fast nicht antworten ließ.

An den Besuch im Tivoli selbst erinnere ich mich nicht. Aber wir durften bestimmt mit allem fahren und waren völlig erschöpft, als wir nach Hause kamen. Daran erinnere ich mich auch nicht – aber die Freude im Hals werde ich niemals vergessen.

Der gleiche Onkel fragte einmal zu Ostern, ob wir mit zur Bonbontante fahren wollten. Wir fuhren in seinem »smokegrey« Morris Minor. Und er sang die ganze Fahrt über »Writing love letters in the sand« und ein dänisches Lied mit dem Titel »Du sollst mir keine Rosen schenken«. Er sang aus vollem Hals, bei heruntergelassenen Fenstern, es war wie in einem Film. Als wir in den Bonbonladen kamen, sagte er: »Was wollt ihr, Kinder?« Und in meiner

Erinnerung war das Auto hinterher so vollgeladen mit Süßigkeiten, daß wir auf dem Nachhauseweg nur halb so schnell fahren konnten. Vielleicht kann man sich, wenn man erwachsen ist, nie mehr so freuen – was weiß ich.

Die Eltern meiner Mutter hatten einen großen Hof, wo wir furchtbar gern waren. In den Ferien waren wir immer mit unseren Cousins und Cousinen zusammen. Und einmal, erinnere ich mich, kam ein großes Paket von irgendwelchen entfernten Verwandten aus Amerika. Wir durften es auspacken: In dem Paket war alles mögliche. Ich erinnere mich nicht mehr an die Einzelheiten, nur an das Gefühl des Überflusses und daß es aus einem anderen Erdteil kam. Was war die Welt doch groß und wunderbar! An diesem Abend wurde die Welt noch größer für mich, und es war überhaupt nicht beängstigend. In dem Paket waren auch Pflaster mit Stars and Stripes drauf. So etwas hatten wir noch nie gesehen – das war wirklich etwas anderes als die hautfarbenen Stoffpflaster, die ausfransten und schmutzig waren, ehe man noch zu heulen aufgehört hatte. Ich biß mir in den Finger und täuschte einen großen Bedarf an Pflaster vor. Die Erwachsenen spielten mit, und ich war stolz und glücklich, sehr glücklich, Stars and Stripes auf dem Zeigefinger zu haben.

Es waren auch diese Großeltern, die eine große – eine riesengroße – Holzkiste mit Bananen in das Kinderheim schickten, wo ich unter grenzenlosem Heimweh litt. Die Kiste kam von *meinen* Großeltern. Die Bananen waren für uns alle, aber das Donald-

Duck-Heft oben drauf war nur für mich. Oh, was für ein Glück!

All diese plötzlichen Ereignisse, diese plötzlichen Glücksgüsse ließen mich so dankbar werden, auf der Welt zu sein.
 Ja, und dann ein Sommerabend, wo wir alle bei einer alten Tante zum Essen eingeladen waren.
Sie wohnte in Hamlets Stadt, in einem alten Haus, so alt, daß Hamlet es gesehen haben könnte, wenn er denn zu Shakespeares Zeit gelebt hätte. Während sie – die Tante – zusammen mit meiner Mutter Kaffee kochte, trugen mein Vater und ein Onkel (ein anderer Onkel dieses Mal) die Möbel nach draußen, sie hängten Bilder an die Fenstersprossen und stellten die feinsten Silberkandelaber und Kristallgläser auf den Eßtisch. Glaubst Du, daß uns das gefiel – uns Kindern? Gefallen ist nur der Vorname. Wir waren *glücklich – hingerissen.*
 Doch, Jean Luc – auch als Erwachsene hat mich ein plötzliches Ereignis so glücklich gemacht. Du hast mich mit Deinen Briefen in den gleichen Zustand versetzt; daß die Welt mir wohlgesonnen ist. Durch Deine Briefe hat es in meinem Hals gekitzelt vor unendlicher und unerwarteter Freude. Dafür danke ich Dir, mein Freund. Oh, es war schön, zusammen mit Dir wieder ein bißchen fröhlich zu sein.

 Küsse, D.

22. Juni

O Gott, Jean Luc,

– Du weißt, daß ich vorhin das Schweigen am anderen Ende der Leitung war. Ich habe gehört, wie Du das Telefon abnahmst und »hallo« sagtest.
Ich hörte Dich fragen: »Mit wem spreche ich?« Ich habe Dich einen kurzen Moment schweigen gehört, Deinen Atem, Du hast heftig den Hörer aufgelegt, mit einem Fluch, der abgeschnitten wurde. Anstatt mich zu ärgern, daß Du mir ins Ohr geflucht hast (Warum hast Du geflucht? Du hast doch gewußt, daß ich es bin – oder nicht?), bin ich glücklich – ich juble –, daß Du am Leben bist. Ich war nämlich überzeugt, daß Du tot bist. Ich öffne mein Herz, um Deine Stimme zu empfangen.

    Deine D.

1. Juli

Lieber Jean Luc

– diesen Brief schreibe ich, wie Du siehst, auf
dänisch. Es ist schließlich egal, in welcher Sprache ich
schreibe, ich bekomme ja doch keine Antwort.
  Meine Haare weinen, meine Haut verwelkt, meine
Knochen schreien, und mein Herz ist verkohlt.
  Was ist passiert?
  Alle möglichen Ursachen verätzen mein System,
alle möglichen Gedanken haben vor langer Zeit mein
Gehirn ausgewischt. Alle möglichen Erklärungen
fressen mich von innen her auf. Aber Erklärungen,
Ursachen und Entschuldigungen sind nur brauchbar
für den, der sie auch verwendet. Und ich bekomme
keine Erklärungen, und wozu sollte ich sie auch
gebrauchen?
  Das einzige, was ich weiß, ist, daß ich von
Schweigen umschlossen bin. Das ist das einzige,
worauf ich reagieren kann – ein Schweigen,
das ist wie ein schallgedämpfter Raum. Ein Raum,
der verkleidet ist mit einem grauen, kratzenden,
stoffartigen Material. Hier drinnen kann ich nichts
hören, nicht einmal meine eigene Stimme kann
ich hören, und niemand außerhalb von diesem Raum

des Schweigens könnte mein Schluchzen oder Klagen vernehmen.

Ich sehe nun, was zu sehen ich lange vermieden habe: Unsere Zauberkugel ist zerbrochen.
Und ich glaube nicht, daß ich verstehe, warum.

Dieser Brief – oh, mein Freund, ich halte es fast nicht aus, ihn zu schreiben – dieser Brief wird der letzte sein. Nein, ich ertrage es nicht, und ich bin so allein, und die Einsamkeit ist so schwer. Ich schreibe immer weiter an diesem Brief ... nur um so viel wie möglich schreiben zu können, ehe ich den Schlußpunkt setze. Selbstverständlich habe ich immer mal wieder gedacht, eines Tages wird er zu Ende sein – dieser wunderbare Wahnsinn. Aber dann habe ich jedesmal wieder gehofft, daß wir unser Buch noch viele Jahre aufgeschlagen lassen könnten und auf die leeren Seiten schreiben, bis wir uns einigten, den Schlußpunkt zu setzen – und ich hatte gehofft, der würde nach einem ausgesucht schönen Satz gesetzt.

Hättest Du mir nicht wenigstens eine Zeile schreiben können, damit ich nicht verzweifelt im Nichts herumtaste? Nur ein Zeichen, das meiner Hoffnung Einhalt geboten hätte? (Wann hört wohl meine Sehnsucht auf?) Hättest Du nicht etwas Zartes und Liebevolles schreiben können? Verdiene ich diese Folter? Hättest Du nicht auf schonende und tröstende Art Lebewohl schreiben können? Aber wie kann man von dem getröstet werden, der den Schmerz verursacht? Das ist der innerste und bitterste Kern des Schmerzes: Daß einen nur der trösten kann, der einen verlassen hat. Der tot ist. Du bist jetzt tot für mich, Jean Luc, und es gibt nur einen auf der Welt, der mich trösten kann: Der einzige, der es nicht kann.

Ich bin von Dir verlassen worden, und ich habe mich selbst verlassen. Erst jetzt, im nachhinein, weiß ich, wie glücklich ich war. Glücklich und ausgelassen. In meinem Übermut glaubte ich, alles sei möglich. Und ich glaubte, das größte Glück wäre, Dich zu treffen – wie dumm ich war. Wie gierig! Weil ich nicht sehen konnte, daß ich, während ich noch schwebte, wirklich glücklich war. Nicht hinzureichen, nicht anzukommen, das ist das höchste Glück. Und doch, warum beißt der Enterich die Ente in den Nacken und taucht sie unter Wasser, warum verflechten die Schwäne ihre Hälse, während die beiden Menschen auf der Bank am See in den Augen des anderen ertrinken, wenn nicht deshalb, weil das Leben gelebt werden *will*, und die Liebe dem geschenkt werden *sollte*, den man liebt.

Wie unbeholfen war ich in meiner Ausdauer, wie ungelenk in meinem Ehrgeiz, wie ungeschickt in meinem Eifer. Verzeih mir meine Liebe, Jean Luc. Es wird sich nie wiederholen, denn ich weiß jetzt, so schmerzlich glücklich, glücklich besessen, werde ich nie wieder sein.

Da Du diesen Brief nicht verstehst und ihn möglicherweise – aus Gründen, die ich nicht kenne – nicht annimmst, wirst Du höflich gebeten, das vorliegende Schreiben als gegenstandslos zu betrachten.

Ich habe Dich geliebt,
Deine Delphine

Fanjeaux, 6. Juli

Du meine liebste Frau, liebe Delphine,

so viele Briefe von Dir, und der letzte, den ich gestern
erhielt in Deiner anderen, unverständlichen Sprache
und den ich dennoch vollständig verstanden habe.
Alle diese Briefe trafen auf ein Schweigen, das ich jetzt
breche.

Hätte ich Dir doch all diese Schmerzen ersparen
können und könnte ich Dich doch nur glücklich
machen. Es gibt nichts auf der Welt, was ich mehr
wünschen würde.

Ich weiß, daß wir beide gelitten haben. Das glaubst
Du vielleicht nicht. Vielleicht glaubst Du, es sei
nur Dir so ergangen. Eines Tages wirst Du sehen, daß
auch ich gelitten habe – Du geliebte Frau.

Und doch weiß ich, daß wir beide in den neunzehn
Monaten, die wir uns kannten, glücklich gewesen
sind. Ich hätte nie gedacht, daß mir einmal ein
so großes Glück zuteil würde, und ich fühle, daß ich
eins mit Dir war. Glücklich war ich, weil Du so
unverbrüchlich an mich geschrieben und geglaubt
hast. Es gab Augenblicke, da habe ich geglaubt,
die Liebe sei wirklich und möglich und daß Du mich
lieben könntest, so wie ich bin.

Ich liebe Dich, Delphine, so wie ich gelernt habe mein Leben zu mögen, und ich habe diesen Augenblick nur hinausgeschoben, den Augenblick, in dem ich sage: Komm, Delphine. Komm zu mir nach Fanjeaux. Komm her zu mir, meine Geliebte, damit das Unausweichliche geschehen kann.

Ich habe Monsieur Gamin, den Postmeister, gebeten, eine Postanweisung an Dich zu schicken. Für die Fahrkarte. Laß mich wissen, wann Du kommst, damit ich alles vorbereiten kann.

Danke für all Deine Liebe ... Dein

11. Juli

Mein Geliebter
mein Leib und meine Liebe
meine Sehnsucht und mein Schmerz
mein Geheimnis und Gebieter

Danke für Deinen Brief, der mich in Jubel und
Erstaunen versetzt hat. Ich verstehe und verstehe
auch nicht. Ich habe mit der Fluggesellschaft
gesprochen, auch über den Inlandsflug, und sie
sagen, ich kann am 15. oder 18. fliegen –
oh, es ist noch so lange bis dahin. Welcher Tag
paßt Dir besser? Ich könnte gegen fünf Uhr
nachmittags in Fanjeaux sein. Aber wo treffen
wir uns?
   In unsäglicher Freude schwebend bin ich Dein –
und bald richtig.

   Deine Delphine

Delphine STOP Montag den 18. STOP Frag auf
dem Postamt in Fanjeaux nach dem Weg STOP
Ich liebe Dich STOP

## NACHWORT DES HERAUSGEBERS

Beim Tod von Pierre Gamin stand auf seinem Tisch hinter der Postschranke ein großer Karton, der diese Korrespondenz enthielt, säuberlich chronologisch geordnet. Der eine Teil der Korrespondenz stammte angeblich von mir, als Fotokopien archiviert, der andere Teil, an mich adressiert, war von einer dänischen Frau, Delphine Hav.

An jeden ihrer Briefe war der Umschlag geklammert. Auf dem Karton stand in der zierlichen Schrift des Postmeisters: »Für Delphine, wenn sie kommt.«

Am Montag morgen, am 18. Juli 1977, bevor das Postamt öffnete, erschoß sich Pierre Gamin mit einer kleinen Pistole.

Er lag auf seinem Bett in dem Zimmer, in dem er die dreizehn Jahre gewohnt hatte, seit er in Fanjeaux Postmeister geworden war. Er war vollständig angekleidet, und auf der Brust hatte er mit einer Nadel einen Briefumschlag mit meiner Adresse befestigt. Auf der Rückseite stand: »Ich küsse den Briefträger, der diesen Brief zum Adressaten bringt.« Außerdem lag auf dem Nachttisch neben ihm ein offener Brief an den, der ihn so finden würde und ein verschlossener Brief an Delphine Hav.

Der Postassistent fand Monsieur Gamin, als er um

neun Uhr zur Arbeit kam. Der Assistent war so gut wie der einzige Mensch im Ort, der regelmäßig in Pierre Gamins Privaträume kam. Er saß oft im Wirtshaus und plapperte von den vielen Büchern mit nackten Damen, die Gamin hatte. »Porno«, wurde über dem Pastis geflüstert. »Porno, Krüppel und pervers«, das lockte noch ein Glas hervor. Es war allerdings schwierig, das Bild, das der Postassistent zeichnete, mit dem feinsinnigen und ziemlich reservierten Pierre Gamin selbst in Einklang zu bringen. Und der Assistent machte sich auch tüchtig lächerlich, als er eines Tages eines dieser famosen Bücher mit ins Wirtshaus schmuggelte. Es war ein Band ans der Skira-Serie: »Les grands siècles de la peinture«.

Pierre Gamin hatte also eine außerordentlich große Sammlung von Kunstbüchern in seinem kleinen Zimmer, das ansonsten sehr sparsam möbliert war, mit Tisch, Stuhl und Bett und einer kleinen Plattensammlung, die auf einem Camping-Plattenspieler abgespielt wurden.

Die Polizei wurde sofort gerufen, ein Krankenwagen war nicht nötig, der Polizeikommissar konnte feststellen, daß der Tod einige Stunden zuvor eingetreten war.

Ich wurde zum Postamt gerufen und verhört, da mein Name unleugbar eine zentrale Rolle in der Angelegenheit spielte. Allerdings mußte ich wahrheitsgemäß aussagen, daß ich nichts von der Sache wußte, um so mehr, als sich nach einem raschen Durchgehen des Kartoninhalts herausstellte, daß es sich um eine Liebesgeschichte handelte, mit der ich – Hand aufs Herz – nichts zu tun hatte, obwohl die Briefe angeblich von mir und an mich geschrieben waren. Die Handschrift meiner Briefe kannte ich von den Zollpapieren, die Pierre Gamin so oft für mich ausgefüllt hatte. Sie war akkurat und nicht sehr groß.

Pierre Gamin war der älteste Sohn eines strebsamen Bauern nicht weit von hier. Als Kind wurde er bei einem schrecklichen Unfall so schwer verletzt, daß er danach von der Taille an abwärts gelähmt war. Er war fleißig in der Schule und bei den Kameraden beliebt: Ein stiller und außergewöhnlich hübscher Junge, der, wäre er nicht an den Rollstuhl gefesselt gewesen, sicher so manches Mädchenherz gebrochen hätte. Mit achtzehn Jahren wurde er bei der Post angestellt, und schon mit fünfundzwanzig wurde er Postmeister hier in Fanjeaux. Wie die meisten im Ort hatte ich ein distanziertes Verhältnis zu ihm. Er war freundlich und sehr genau, und es wunderte mich deshalb ein wenig, als er an eines Sonntagnachmittags an meine Tür klopfte und fragte, ob er eine Zeichnung oder ein Aquarell von mir kaufen könne. Er schleppte sich auf seinen beiden Krücken ins Haus, und ich ließ ihn ein Aquarell aussuchen, das ich selbst gern mochte. Einen Moment lang erwog ich, es ihm zu schenken, aber ich wollte ihn nicht verletzen, und so nannte ich eine Summe, die einem Preis glich. Das Aquarell war zu jenem Zeitpunkt noch nicht signiert, und gerade, als ich es tun wollte, fragte er, ob es mir etwas ausmachen würde, nur meine Initialen JLF zu benutzen, und auch nicht allzu groß, unten in der rechten Ecke. Das erstaunte mich natürlich, und ich fragte mich, warum er sich da einmischte. Aber da ich ihn gern hatte und mich ehrlich gesagt ziemlich wunderte, daß er soviel Geld für ein Aquarell von mir ausgab, tat ich, was er wollte, und verwandte nicht wie sonst meinen vollen Namen mit meiner – im Verhältnis zu Pierre Gamins Schrift – Riesenklaue.

Die Polizei stellte sehr schnell fest, daß kein Verbrechen vorlag, sondern daß der Postmeister offenbar selbst seinem Leben ein Ende gesetzt hatte, und so warteten sie in aller Ruhe darauf, daß die Frau, mit der Pierre Gamin korrespondiert hatte, auftauchte. Aus dem offenen Brief ging hervor, daß Delphine Hav am Nachmittag des gleichen Tages in Fanjeaux eintreffen würde.

Ich selbst habe die Frau nie getroffen, und ich habe, aus welchen Gründen immer, auch nie das Bedürfnis gehabt, den Kommissar zu fragen, wie sie aussah oder wie alt sie war. Auf jeden Fall muß sie etwa gegen fünf Uhr beim Postamt angekommen sein und nach dem Weg zu meinem Haus gefragt haben. Man überreichte ihr Pierre Gamins letzten Brief, den sie aufrecht stehend las. Sie wurde gefragt, ob sie den Verstorbenen sehen wolle, was sie ausschlug, und sie wollte auch keinen Blick in den Karton mit den Briefen werfen. Sie wurde kurz verhört und dann entlassen, da klar war, daß sie keine direkte Schuld oder Verantwortung für den Tod des Postmeisters trug, und zweifellos war sie ziemlich verzweifelt und wollte in Ruhe gelassen werden. Seither hat niemand sie gesehen. Und damit meine ich *niemand*.

Nach einiger Zeit – der Karton mit den Briefen hatte im Postamt gestanden und Staub angesammelt – übergab man ihn mir, da man der Meinung war, ich sollte die Gelegenheit bekommen, »meine Korrespondenz«

wenigstens zu lesen. Man hatte über das dänische Konsulat erfolglos versucht, eine Delphine Hav in Dänemark ausfindig zu machen. Unter der angegebenen Adresse wohnte sie nicht mehr, sie war einfach nicht mehr aufzutreiben. Die Briefe waren gewissermaßen unzustellbar.

Für mich war es natürlich ein merkwürdiges Erlebnis, den Briefwechsel zu lesen. Es war schmerzlich und erhebend zugleich, diese Briefe zu lesen, geschrieben von zwei verliebten Menschen, die sich nie gesehen hatten. Sie, offensichtlich voller Lebenslust und Sehnsucht, er, ein begabter und geistreicher Mensch, der nach Leben und Liebe hungerte, verbunden mit einer großen Lebenslust und Lebensangst. Ein Mensch, der weit schönere Briefe schrieb, als ich es je getan habe. Und aus diesem Grund verdiente er auch voll und ganz die Hingabe dieser Frau. Ich bin – wenn ich das so sagen darf – nicht im mindesten eifersüchtig, zumal ich eine wunderbare Frau und eine reizende erwachsene Tochter habe.

Das Ganze ist jetzt zwanzig Jahre her. Alle Nachforschungen nach Delphine Hav waren vergebens. Und ich glaube nicht, wir verletzen jemanden mit der Veröffentlichung dieser Sammlung von Liebesbriefen zweier Menschen, die sich selbst und einander fanden und erfanden, in Verliebtheit und Verzweiflung.

Jean Luc Foreur
Fanjeaux, im September 1997

# DIANA

## Das anspruchsvolle Programm

### Mario Vargas Llosa

Literarisch-erotische Romane von ungewöhnlicher Raffinesse, die eine vergnügliche und unterhaltsame Lektüre versprechen

»Ein virtuoser Erzähler.«
*Frankfurter Allgemeine*

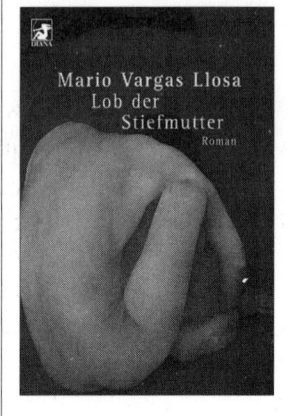

*Lob der Stiefmutter*
62/105

*Die geheimen Aufzeichnungen des Don Rigoberto*
62/210

## DIANA-TASCHENBÜCHER